N'oublie pas l'éternité

Jacques Salomé

N'oublie pas l'éternité

Roman d'une naissance à l'amour

Albin Michel

Je sais trop le fragile des instants de bonheur
pour ne plus jamais les abîmer en regrets.

L'AVENIR de Clémence restait toujours ouvert sur son passé. C'était un ancrage à la fois fragile et tenace dont elle ne pouvait se dispenser. Cet enracinement lui permettait de se prolonger librement aux confins les plus étonnés de son présent. Quand elle avait découvert, sur le tard de sa vie, la possibilité d'agrandir, « d'espacer », disait-elle, les infimes parcelles du temps, pour s'y glisser et prolonger à sa guise la durée d'un moment, elle était enfin devenue entière à chaque instant de son existence.

Entre elle et son fils circulait depuis longtemps une parole libre et pudique qui leur permettait de se relier, non seulement aux interrogations, mais aux rires et aux peurs de leur histoire commune et pourtant si différente.

« Donne-moi ton écoute pour ensemencer

ma mémoire et la maintenir en éveil », semblait-elle lui demander, à chacune de leurs rencontres devenues rares et précieuses, avec la maturité de l'un et le vieillissement patient de l'autre, avec les morcellements et les amertumes d'un parcours de vie qui n'avaient épargné ni l'un ni l'autre, mais qui avaient donné à leur relation une cohérence si forte, si solide, qu'elle leur avait permis de se construire sans dépendre des limites ou des manques de ceux qu'ils avaient aimés dans l'incohérence de leurs émois (ou plus subtilement dans un désordre plus structuré et organisé qu'il ne pouvait paraître de prime abord).

Elle savait, au plus profond d'elle, que l'amour d'une mère est donné sans contrepartie, « gratis » comme son fils l'aurait dit. Offert sans s'imposer, sans quémander, sans besoin de confirmation et de réassurance, avec le sentiment profond qu'il est reçu chaque fois à sa juste mesure. Avec la conviction que l'amour ne se partage pas quand il ose se donner inconditionnellement, quand il est reçu sans réserve à plein cœur, comme elle l'avait écrit une fois à un de ces hommes rencontrés, au temps de ses errances, bien longtemps après le départ de Pierre, son premier amour, et le grandissement de son fils, l'enfant qu'elle avait eu à dix-sept ans avec lui.

PEU de parents semblent être conscients que l'amour pour leur enfant est le seul de tous les amours humains qui soit donné pour lui permettre justement de les quitter un jour, avec le plus d'autonomie affective et le plus de liberté d'être possible, afin de pouvoir s'engager dans d'autres relations (et en particulier dans une relation amoureuse) sans trop de culpabilité, sans réticence ou résistance, dans le plein de leur abandon. Dans le lâcher-prise de leur générosité sans limite.

Clémence sentait depuis quelques années les remous du temps l'éloigner de cette partie d'elle-même, si précieuse, si vitale encore. « Ce n'est pas seulement la chair de ma chair, c'est le sens même de ma vie », avouait-elle à Madeleine, sa confidente des bons et mauvais jours, celle qui connaissait tout, ou presque, des forêts et des clairières, des lacs et des torrents, des vallons et des déserts de son histoire.

Cet enfant avait été la part d'éternité déposée en elle par l'amour, à l'aube d'une vie si incertaine qu'un rien aurait pu à l'époque la broyer et l'anéantir. Cet enfant fut pour elle un miracle vivant jamais épuisé, toujours renouvelé dans le ferment des jours, dans la ferveur de ses regards.

Quelques années auparavant, elle avait confié à son fils : « Quand je t'ai conçu, je ne savais encore rien de l'amour, ton père non plus d'ailleurs. Ton géniteur, devrais-je dire plutôt, car il n'a jamais pu, par la suite, être ni un papa ni un père pour toi. Lui et moi, nous en étions aux balbutiements de notre rencontre, à l'apprivoisement de nos désirs enflammés dans l'incendie de nos étreintes. C'était seulement la troisième fois que nos corps se rapprochaient et aujourd'hui encore je me demande comment tout cela a bien pu nous arriver. Mais ce dont je suis sûre, c'est que j'ai senti qu'au-delà du plaisir qui m'emportait quelque chose se déposait, s'installait pour longtemps en moi. »

Puis, rêveuse, elle se laissait porter par le silence, et aucune question n'aurait pu l'en déloger.

LE silence avait longtemps été la seule richesse de Clémence. Tout enfant, elle ne répondait pas aux questions, fuyait les interrogations insidieuses, ignorait les affirmations péremptoires qui se déposaient sur elle et qu'elle vivait comme une intrusion dans son intimité. Les adultes qui l'entouraient s'impatientaient de sentir que leurs demandes s'égaraient dans les labyrinthes secrets d'une existence où ils n'avaient pas accès. Ils s'irritaient de sentir leurs mots glisser sur le visage limpide et si fermé d'une petite fille tôt meurtrie par l'absence de ceux qui lui avaient donné la vie : cet homme et cette femme qui l'avaient conçue et puis qui s'étaient, pour quelques raisons inconnues ou connues d'eux seuls, dérobés et éloignés et que, de ce fait, elle s'efforçait de maintenir vivants dans son imaginaire avec beaucoup d'intensité. De garder intacts tout au fond d'elle et cela jusqu'à sa propre maternité.

Enfant, Clémence riait, jouait à l'intérieur de son propre monde, mais surtout se taisait dans un espace et un temps où les grandes personnes n'avaient pas de prise. Elle survivait dans un monde qui sortait de la guerre, la Grande, qui découvrait les bienfaits de la paix avant la crise de 1929. Elle ne vivait pleinement que dans cet univers parallèle dont elle seule connaissait les portes d'entrées et les passages secrets, les plages et les îles invisibles. Et, aujourd'hui encore il lui arrivait de s'évader, de faire une sorte de pas de côté, qui lui permettait de glisser, de s'isoler dans un instant miroir où elle s'éclipsait du présent, se dérobait aux appels et aux impatiences de ceux qui auraient voulu la contraindre ou la séduire.

Ce n'est que quelques jours, voire quelques semaines plus tard, qu'elle revenait, polissait un détail, amplifiait une scène, pour mettre des mots sur un sentiment, une perception ou une émotion restées en attente. Elle ré-intégrait, sans effort, une dimension du temps, laissée en suspens comme si elle reprenait une robe, un vêtement provisoirement abandonné. Elle retrouvait ses occupations, redevenait consistante, efficace, solide – plus dure que tous les adultes aveugles qui l'entouraient.

« QUAND nous nous sommes aimés, ton père avait quinze ans et moi à peine dix-sept.

Il savait déjà tellement de choses, que j'avais l'impression que jamais, jamais, je n'aurais assez du temps d'une vie pour me remplir de son regard. Je buvais sa présence sans jamais épuiser ma soif de lui. Dans la journée, je captais, où qu'il soit, à la ferme ou dans les champs, les vibrations de sa présence. Par son seul regard, il donnait consistance et chaleur à mon corps. Avant lui je n'étais qu'une écorce. Je suis devenue pulpe. »

Elle hésita un instant sur les mots, craignant de choquer son fils.

« Je suis devenue comme un fruit juteux dans son regard, puis dans ses mains, dans sa bouche. Après notre première rencontre, il venait me rejoindre tous les soirs, quand la maison s'ensommeillait, il s'asseyait sur le bord de la fenêtre, un pied dehors, l'autre dedans. C'était tout lui, tu sais, déjà en partance, jamais en place et pourtant si présent.

À quinze ans il paraissait avoir vécu plusieurs vies. Je n'ai su que quelques mois avant notre séparation qu'il avait surtout survécu. Que ce que je voyais comme une force n'était que le masque d'une immense détresse. Qu'il s'était maintenu, la tête hors de l'eau, dans l'urgence de ne pas se laisser engloutir par une mère trop puissante. Une mère comme je ne voudrais pas être : à la fois trop aimante et trop lointaine, si absente et si envahissante. "Si vivante, si tendre pour les autres, si violente, rejetante avec moi !" me disait-il.

Pierre avait toujours l'air de se battre à l'intérieur de lui. Je ne l'ai jamais vu frapper ou menacer quelqu'un, mais il se présentait face aux autres comme un guerrier. Il avait une façon à lui de tourner son regard vers l'intérieur et de respirer qui vous incitait à approfondir votre propre souffle et à trouver la bonne distance. »

Plus tard, elle avait ajouté : « Il savait éveiller des aspects de moi dont j'ignorais jusqu'à l'existence. Avec lui je m'élevais et je grandissais en profondeur. J'implosais dans deux directions, l'une lumineuse qui me poussait vers l'infini du futur, et l'autre plus sombre qui me renvoyait au mur aveugle de mon passé. Je comprends aujourd'hui le sens du mot aventure. L'aventure, ce n'est pas avec l'autre que nous la vivons, mais avec nous-mêmes, pour aller à la découverte de tout l'inconnu qui nous habite, pour plonger dans le désordre, dans le tumulte de nos contradictions, pour apprendre à se confronter à la liberté d'être. C'était un garçon qui donnait la fièvre aux événements, qui suscitait des vibrations, qui m'entraînait à me dépasser, à me décloisonner. Auprès de Pierre, je suis entrée dans l'aventure de ma propre histoire au travers des murmures de la sienne.

Il me parlait souvent de sa mère, qui l'avait eu très jeune avec un homme plus âgé, Jean-Baptiste, armurier de métier et collectionneur d'armes. Pierre gardait en lui une blessure qui semblait toujours vive et beaucoup de violence contre ce père qui s'était laissé tuer, un dimanche matin, par un inconnu. Ce dernier voulait acheter un vieux colt américain, il avait demandé si le barillet marchait bien, et Jean-Baptiste l'avait invité à vérifier par lui-même en appuyant sur la détente. Il avait oublié (oublié, est-ce possible pour un armurier ?) qu'il avait fait essayer ce revolver deux jours auparavant dans le stand de tir de son magasin. Une balle était restée dans le barillet. Cette scène se passait au Marché aux Puces où il vendait "pour le plaisir" des armes anciennes. Il reçut la balle dans le ventre et mourut un mois plus tard. Pierre m'avait montré les coupures de journaux relatant le "dramatique accident qui endeuillait toute la ville, avec la perte d'un citoyen respecté par tous ses pairs".

En l'écoutant me parler de sa famille, avec autant de détails intimes, comme vécus de l'intérieur, je découvrais avec une acuité jamais ressentie jusqu'alors, l'absence de la mienne. Il me révélait mon besoin de racines et de fruits. Il me donnait envie de construire enfin mon existence, de prendre en main mon devenir, de ne plus me laisser porter par les événements et les circonstances. Si, plus tard, je me suis battue pour permettre aux enfants que j'avais en classe de devenir co-auteurs de leur vie, c'est à lui que je le dois. »

« DANS la ferme où nous vivions, après chacune de nos rencontres du soir, j'étais à la fois quelqu'un d'autre et davantage moi-même. J'ai commencé à changer en lâchant des croyances erronées, en déposant des peurs irraisonnées, en renonçant à me présenter en victime, en me libérant des colères et des ressentiments qui polluaient ma vie. Jusqu'alors je me voyais comme une héroïne méconnue, incomprise, mal aimée, je pensais que la vie avait été dure, ingrate, méchante avec moi. Je découvrais bien au contraire tous les cadeaux qu'elle m'avait apportés. Adolescente, je n'étais qu'un paquet d'émotions, un sac de confusions mêlées, laissées par tous les adultes qui avaient ratissé, balisé, organisé ma vie. J'avais, par exemple, la conviction que l'autre, tous les autres, c'était sûr, un jour, quand ils comprendraient qu'ils m'avaient blessée, s'excuseraient ou se montreraient plus gentils, plus prévenants, m'aimeraient. J'imaginais encore que celle qui m'avait portée, puis abandonnée au matin du premier jour, quand j'étais sortie de son ventre, tenterait plus tard, quand elle aussi aurait grandi, de me rechercher. J'étais fière du nom qu'elle m'avait laissé ; j'espérais que grâce à lui, cette génitrice inconnue me retrouverait, m'expliquerait sa conduite, et qu'enfin je comprendrais tout de son histoire, que j'entendrais enfin ses silences. Que ceux-ci seraient justifiés, au point que j'aimerais qu'elle n'ait pu faire autrement que de me laisser à d'autres et que je la remercierais simplement de m'avoir donné la vie.

Je peux te le dire sans trop rougir de ma naïveté, j'étais persuadée que saint Antoine, patron des causes désespérées, me sourirait un jour, car il savait, lui, le besoin qui m'habitait de son sourire. Ainsi, entre six et huit ans, j'allais plusieurs fois par semaine à l'église Saint-Nicolas, dans laquelle saint Antoine avait une chapelle pour lui tout seul. Un lieu protégé, mélancolique, où il faisait bon s'attarder après le catéchisme. Je cherchais sur son visage de bois sculpté la trace d'un sourire, qui me confirmerait qu'il m'avait entendue, que je n'étais pas seule au monde. »

CE dont Clémence n'avait jamais parlé, même à son amie Madeleine, c'était de l'épisode de la Vierge Marie.

Au mois de mai, toute une partie de l'église était réservée à Marie. Une corbeille déposée auprès d'une immense statue bleutée recevait les vœux, les souhaits adressés à Celle qui savait écouter et avait (disait-on) l'oreille de son Fils, lequel saurait parler au Père pour exaucer les demandes, répondre aux attentes, réparer les injustices. Tout cela était clairement explicité au catéchisme.

Le curé, que tout le monde appelait père Marc, était un être débordant de vitalité avec les enfants, il claquait fréquemment d'un geste sec sa soutane sur ses cuisses, comme s'il lui intimait l'ordre de se tenir tranquille.

À la fin du mois de Marie, il demanda à Clémence de venir le voir au presbytère. Assis devant elle, il ouvrit sa main, lui montra le billet sur lequel elle avait osé écrire :

Sainte Vierge, toi qui peux beaucoup, mais qui es très occupée je le sais, prends un peu de temps pour moi, fais que ma mère puisse me retrouver un jour. Dis-lui où je suis, tu me connais, je peux être gentille et plus sage encore. Alors ensemble, elle et moi, on cherchera mon papa.

Le prêtre la questionna gentiment :

« Tu veux donc retrouver ta vraie maman et ton vrai papa ? Tu sais pourtant qu'il y a dans ce village beaucoup de gens qui t'aiment plus qu'eux ! »

Il tenait ses jambes écartées et, entre les bords béants de sa soutane, apparaissait un sexe énorme, rouge comme une limace écorchée.

Il ne fit aucun geste, n'esquissa aucun attouchement. Les yeux de Clémence s'efforçaient de fixer la boucle dorée de son ceinturon, mais revenaient de temps en temps se poser sur le pénis qui palpitait, se levait et descendait régulièrement. Au bout d'un moment elle risqua :

« Pourquoi vous avez pas un vrai zizi comme les autres garçons ? »

Le père Marc se mit à rougir, reboutonna deux ou trois boutons de sa soutane et dit seulement :

« L'année prochaine tu prieras la Sainte Vierge de bien protéger tes parents adoptifs et de les aimer : c'est à eux qu'il faut penser, c'est eux qu'il faut aimer car ils ne t'ont pas abandonnée, eux. Je crois que, cette fois, la Vierge Marie pourra t'entendre. »

En rentrant à la maison, après avoir fait un long détour, Clémence jeta dans un caniveau la croix d'or et la médaille de la Vierge, bénies à Lourdes l'année précédente. Cependant elle resta toute sa vie fidèle à saint Antoine. Elle refusait d'aller à la messe, mais, en cachette, allait mettre un petit dessin ou un trèfle à quatre feuilles, trouvé sur le chemin de l'école, dans le tronc du saint, en murmurant chaque fois : « Pour toi tout seul. »

DEPUIS quelques années sa mémoire immédiate, celle des événements proches, fuyait Clémence, se dérobait sur des riens, s'égarait en tourbillons d'images, qui s'envolaient et se dispersaient comme les feuilles fatiguées par les grands froids quand elles se détachent sans vie de la ramure hivernale des arbres. Seuls restaient clairs certains épisodes de son enfance, découpés dans l'espace de ses pensées, avec la précision d'un tableau du Canaletto. Elle avait encore dans sa chambre une reproduction du Grand Canal, dont elle ne se lassait pas de regarder le détail minutieux des façades, l'harmonie des toits, le mouvement des bateaux, l'éclat du soleil couchant dans un bouquet de nuages. Les scènes de la vie vénitienne au XVIIe siècle lui paraissaient plus présentes, plus proches que les rues du village où elle avait été placée aux premiers jours de sa vie par l'Assistance publique. Il y avait si longtemps que son enfance, puis une partie de sa jeunesse, s'étaient déposées dans une vie qui lui avait été volée. La plupart des adultes de sa vie d'enfant s'étaient comportés en prédateurs, dévastant et souvent violentant ses rêves de petite fille.

« Quand ils me questionnaient, ils faisaient les réponses comme si c'étaient les miennes. Quand ils me touchaient, c'était pour prendre, pour imposer, pour interdire, jamais pour donner, offrir ou m'accueillir. Quand ils me croisaient, je sentais bien que je n'étais rien, une toute petite chose sans valeur... Si je me souviens de tout cela, Fabien, c'est pour te dire que je viens de loin, d'un temps qui m'a blessée, poussée à grandir plus vite, comme malgré moi. »

Fabien se sentait fier des confidences de sa mère, il puisait dedans la certitude qu'il pourrait rester fort et solide comme elle, capable d'emmagasiner des expériences de vie étonnantes pour les transmettre à son tour à ses enfants.

À chacun des anniversaires de Fabien, Clémence s'arrangeait pour passer quelques heures privilégiées avec lui. Elle prenait ainsi le temps de lui offrir en cadeau un morceau choisi de son histoire. Pour le jour de ses vingt ans, elle avait décidé de ciseler pour lui le portrait du géniteur avec qui elle l'avait conçu, sans percevoir toujours qu'elle lui parlait surtout de son premier amour.

« Ton père, c'était le mouvement. Même immobile il était capable d'être à plusieurs endroits à la fois et moi, à cette époque, j'étais immobilité et silence. Oui, j'étais essentiellement silence. Je n'étais pas muette, mais je ne disais pas l'essentiel, je taisais mes regards, mes gestes et surtout mes rires. Je retenais avec passion le peu qui m'appartenait : mes pensées, mes émotions, mes rêves et mes sentiments. Très vite dans ma vie d'enfant placée, entre pseudo-parents nourriciers, j'ai su que mes mots n'arrivaient pas à l'autre – ou, quand ils étaient reçus, ils me revenaient si déformés que je ne pouvais ni les entendre ni les reconnaître comme miens. J'ai découvert très tôt que je n'étais ni vue ni entendue, encore moins comprise dans mes besoins les plus élémentaires. J'ai alors appris à m'évader à l'intérieur même de mon immobilité. Mon immobilité était semblable à une clairière, perdue dans un pays connu de moi seule. Je fermais les yeux et je voyais clairement, tout en haut d'une montagne, un grand pré ensoleillé, en demi-cercle, entouré d'arbres. Devant, sur le côté sans arbres, il y avait un lac toujours bleu. À demi allongée, je me laissais envelopper par la lumière qui scintillait au-dessus de moi. J'étais attente.

Dans la vie de tous les jours, mon immobilité gênait beaucoup les autres. En classe, les enfants comme les adultes, disaient de moi, dans mon dos, que je devais être fourbe ou insensible pour garder autant de choses en moi.

Bien sûr ils ne pouvaient pas savoir que pour moi ils ne faisaient que passer, ils étaient provisoires, je ne pouvais me lier avec aucun d'eux puisque j'attendais que l'on vienne me chercher et m'emporter pour toujours.

Il fallait que je reste immobile, scrupuleusement immobile, pour ne pas effrayer ceux qui viendraient me prendre par la main et me dire : "Viens avec nous, ta place est avec nous." »

D'AUTRES fois, elle prenait son fils à témoin, précisant mille détails, comme s'il pouvait être à la fois le réceptacle de sa mémoire et le garant de tout ce qu'elle disait. Fabien était pour elle la preuve vivante, la richesse, de son existence. Et lui, à l'orée de sa maturité, voyait en elle comme une spirale infinie, qui s'enfonçait loin dans les eaux profondes d'une quête insatiable.

Dans ces moments-là, elle qui savait d'habitude être si claire, si juste, se dissolvait dans un tourbillon de contradictions. Fabien sentait confusément qu'il y avait en elle des mots éclatés, morcelés qui n'osaient se dire, et d'autres qui se cherchaient, se heurtaient à l'intérieur, puis surgissaient hors de sa bouche sans prévenir, tentaient de cheminer dans les tempêtes d'un vécu indicible.

Il voyait ainsi des borborygmes gonfler au bord de ses lèvres, des bouts de phrases gargouiller dans son corps avec la volonté de s'évader dans un geste ou dans un regard, cogner dans sa gorge, se replier ensuite en désordre, se perdre, se déposer quelque part dans les recoins de sa tête, dans les replis de son ventre, pour soudain rejaillir et se dire de façon si dense, si désespérée parfois, qu'il en était bouleversé.

Clémence était comme une source souterraine, tentant de rassembler d'infimes ruissellements venus du plus lointain de son histoire, essayant de capter les signes invisibles mais tenaces de tous ces inconnus dont elle pressentait en elle la présence, de tous ces hommes et ces femmes des multiples lignées dont elle était issue. « Même si je viens de nulle part, je viens quand même de tous mes ancêtres. Ils sont aussi vieux et importants que ceux des autres, qui croient connaître les leurs... » Elle se sentait dépositaire, avec l'âge, d'une parole trop longtemps bridée, qui se libérait pour devenir partage. Elle espérait aussi que cela pourrait constituer pour son fils un ancrage suffisant pour le lancer dans la vie avec plus de confiance en lui.

« L'AMOUR, confiait-elle à Madeleine, peut naître d'un seul regard, mais se nourrit du feu de chaque rencontre. Pierre s'est manifesté à moi par de la chaleur. La part de mon corps proche de lui ronronnait comme un feu de bois. Tu sais, j'ai connu ce bonheur absolu d'être avec lui, dans le plein d'une respiration commune. J'en gardais tout le reste du jour ou de la nuit la douce vibration. En quelques instants, près de lui, je sentais mourir la plupart de mes peurs et de mes pudeurs. J'ai vu naître ma joie, sourdre mes impatiences. Je l'ai aimé soudainement, sans précaution, en aveugle consentante, puis totalement, lucidement acceptante. Je veux dire qu'il m'occupait en entier. On ne résiste pas à la présence du bonheur, c'est son absence plus tard qui nous affame et qui fait mal. À son approche, tout mon corps vibrait d'impatience. Son regard vers moi, tel un pont de lumière, m'ouvrait et me confirmait dans chaque parcelle de mon être. À toi, Madeleine, je peux le dire sans retenue, mon sexe ruisselait comme une source. Au petit matin, je craignais que cela ne se voie ou même se répande sans prévenir autour de moi : aussi, puérilement je portais deux culottes, avec un bout de chiffon coincé entre les deux, pour éponger, si cela survenait. Et plus tard, je te le dis sans honte, j'ai souvent pleuré d'émotion, en me souvenant de mes bouts de chiffon. Durant plusieurs mois je fus pleine de lui, si comblée par sa seule présence. Chaque instant près de lui se suffisait à lui-même, chaque regard, chaque geste, chaque respiration occupait la totalité de l'espace entre nous. »

LE front contre la vitre de sa salle de bain, elle regardait les hirondelles se rassembler avant de commencer leur migration d'hiver. Son regard, traversé d'éclairs de lumière, dérivait doucement entre les rêves de la nuit et les promesses du jour à venir.

Ce matin-là, à l'aube de ses soixante-quatorze ans, Clémence songea à se faire du pain. Elle allait habituellement, non chez le boulanger du coin, mais un peu au-delà, chez celui qui se trouvait à la limite de son quartier, car sa façon de pétrir et de cuire la pâte était bien meilleure. Le pain qu'elle en rapportait habituellement avait une odeur de châtaignier en fleur. C'était le premier geste qu'elle faisait arrivée chez elle : sentir le pain en le prenant délicatement, en le collant contre son nez, en fermant les yeux pour entendre mieux les crissements de la croûte, quand elle l'étreignait. Une demi-baguette lui suffisait pour le petit déjeuner et le repas de midi, demi-baguette qu'elle ramenait comme un objet précieux. En effet, quand elle « allait au pain », elle ne prévoyait aucune autre course, elle ne revenait qu'avec son pain à la main.

Le soir, un bol de chicorée lui suffisait, devant lequel elle rêvait, apaisée ou étonnée encore des multiples possibles de son existence. Elle dévorait sa soirée avec des songes vivaces et imprévisibles surgis du meilleur de ses souvenirs. Avec tous les petits détails que ses yeux avaient recueillis dans la journée : elle avait le regard fertile. Un regard qui ne prenait rien, qui se déposait sur les êtres et les choses dans un premier temps, puis qui accueillait et rayonnait comme un geste tendre, tout chargé d'émotions et de sensations nouvelles.

Quand elle associait les événements du jour avec certains épisodes de son passé, cela lui permettait de construire un présent qui n'appartenait qu'à elle.

« Un regard vivant est semblable à une main

qui va au plus loin cueillir le meilleur de l'instant pour vous l'offrir », lui avait chuchoté un de ses amants dont elle gardait le souvenir au centre d'une affection joyeuse. Le même qui lui avait murmuré : « Si j'étais une femme, j'aimerais être la femme que vous êtes. » C'était il y avait douze ans déjà et aucun homme aimant n'avait plus traversé sa vie depuis ce temps-là.

Mais, aujourd'hui, elle voulait faire du pain, c'était impérieux. Elle se devait de le préparer comme elle l'avait appris dès l'âge de dix ans : rassembler la farine, l'apprivoiser, la saler, la mouiller, la pétrir et la modeler avant de la laisser reposer.

C'était autrefois son travail du dimanche matin : « Pendant que mes patrons étaient à la messe, je devais faire monter la pâte et la tenir prête pour le four, mais je n'avais pas le droit de cuire ! Quand la patronne revenait, elle enlevait son chapeau, retirait ou ajoutait un morceau de bois dans l'immense cuisinière, vérifiait la propreté du four, me lançant par habitude un regard chargé de reproches. Et, chaque fois, je sentais que, tout au fond d'elle, elle m'accusait silencieusement de ne pas lui donner l'occasion de m'adresser une remarque, une critique, de souligner une insuffisance. Elle tordait sa bouche, cherchant un prétexte et ne le trouvant pas, m'en voulait encore plus de son impuissance à dénicher un motif quelconque de me disqualifier, de ne pas être ceci, ou d'être trop cela ! »

C'est dans cette préparation du pain que dès l'adolescence, chaque dimanche matin, elle tissait sa liberté future : « Quand je serai grande, j'enseignerai la vie aux enfants qui ne savent pas la chance qu'ils ont d'avoir des vrais parents. Je leur dirai de prendre un peu de farine et de sel, d'ajouter un peu d'eau, de mélanger, de pétrir et d'écouter respirer le plaisir d'exister... »

CLÉMENCE évaluait la quantité de farine, la demi-poignée de gros sel, imaginait le torchon propre dans lequel reposerait la boule, cherchait dans sa mémoire à quelle température elle devait mettre le four... Quand elle entra dans la boulangerie, elle ne vit pas le vieux monsieur qui en sortait au même instant et lui non plus ne la vit pas.

Le choc la déséquilibra si puissamment qu'elle pivota par deux fois sur elle-même, puis son talon cassa : « Oh ! Pardonnez-moi », dirent-ils l'un et l'autre. Avant même d'avoir échangé le moindre regard, ils se pardonnaient déjà. Ce furent leurs premiers mots, le premier partage, dans cet espace de vie qui leur restait à vivre.

Lui était très grand, délicat mais vif malgré son âge. Il lui tenait encore le bras pour la retenir, se penchait en même temps pour ramasser son panier resté à terre et, dans ce mouvement trop brusque pour son propre équilibre, il perdit ses lunettes. Ils se retrouvèrent nez à nez, chacun entrant dans le regard de l'autre. Elle éclata de rire : de son rire du dimanche, comme la taquinait son fils. Rire inattendu, frais comme une caresse, qui venait du plus lointain de son enfance, de cette fois où, dans la cour de l'école, elle avait joué au jeu de l'amour.

CETTE année-là, au cours moyen, une nouvelle, une fille venue de la ville, avait introduit durant les récréations ce jeu de l'amour. Il fallait choisir un garçon, se tenir les mains, puis chacun devait regarder dans les yeux de l'autre, et dire ce qu'il voyait. La première fois, elle avait crié : « Je me vois, je me vois ! » Il avait des yeux si clairs ! Tous les autres enfants riaient autour d'eux. Le petit garçon devant elle, un peu apeuré, un peu perdu, répétait : « Je ne vois rien, je ne vois rien. » Plus tard elle avait appris que ça pouvait être cela l'amour, ou plutôt une des dérives de l'amour. Des regards qui ne se voient pas, des élans qui se croisent, des gestes qui s'ignorent, une impossibilité de se rejoindre, un immense malentendu. Une recherche éperdue de soi dans la quête en miroir de l'autre, quand nous croyons nous voir et nous découvrir dans le regard de l'aimé, alors que lui-même court après son propre reflet.

Les pseudo-amours sont plus fréquents que les vrais, mais on souffre moins quand ils se terminent !

LE vieux monsieur esquissa un sourire pour accompagner le rire de cette vieille dame. Il eut un geste inachevé pour tenter de montrer le pittoresque de la situation. Il ramassa ses lunettes, vit le talon cassé, le saisit, s'apprêtait à le lui rendre, quand elle prononça ces paroles étonnantes :

« Mais de quel pays venez-vous ? »

Il répondit instinctivement ce que répondait souvent sa propre grand-mère à cette question :

« Je viens du pays de mon enfance ! »

Il faillit ajouter : « Et aussi du pays de l'inoublié », sans savoir exactement ce que cela pouvait signifier et pourquoi cela lui venait à l'esprit.

Puis il se sentit ridicule, lui tendit le talon cassé, la salua d'un mouvement de tête et partit, s'enfuyant presque. Elle remarqua alors que la baguette de pain qu'il tenait sous le bras s'était cassée en deux et pendait tristement derrière lui, menaçant de se détacher.

« Il va en perdre la moitié en route », pensa-t-elle.

Le soir dans son lit, elle dit plusieurs fois à haute voix : « J'ai abîmé son pain », puis elle reprit le chemin de ses rêves éveillés, entra dans la longue litanie de ses nécessaires souvenirs, qui tissaient la trame actuelle de sa vie. Mais, dans les labyrinthes innombrables de sa mémoire, il y avait toujours une place pour s'étonner d'une rencontre. Il lui semblait parfois que les différents événements de sa longue existence étaient comme les galets immobiles d'une rivière dans le ruissellement des saisons.

« J'AIME ces moments en creux juste avant la rencontre, quand justement l'espace est encore ouvert à tous les possibles. J'aime inventer des signaux offrandes et m'ouvrir à du recevoir.

Plus tard dans le partage, quand la jouissance m'aspire, qu'elle me tire hors de moi et que l'abandon à tous mes sens me libère d'un seul coup de la peur viscérale d'être abandonnée, je me donne en entier.

J'ai eu besoin de beaucoup d'années après Pierre, pour me réconcilier avec moi-même, m'habiter à nouveau, pour accepter l'accueil et le soyeux des caresses, les rires doux d'une peau étrangère, la respiration étonnée, toute proche, de celui qui avait su m'apprivoiser.

Je reviens de loin... »

Oui, elle revenait de loin. Elle avait traversé plusieurs univers avant de pouvoir s'aimer, se rencontrer et donner à son tour de l'amour, sans l'attente ou l'exigence d'une contrepartie ou d'une réciprocité.

QUAND Pierre, son premier amour, venait dans sa chambre, sous les combles, elle lui demandait le plus souvent, dans un premier temps, de se taire, pour rester simplement dans le plaisir de le regarder, et il lui obéissait. Il restait silencieux, pendant des heures, assis sur le bord de l'unique fenêtre, à veiller sur la nuit, se laissant regarder par elle jusqu'à ce qu'elle s'endorme.

À Madeleine, l'amie des années d'errance, elle avait confié quelques épisodes de cette période si lumineuse de son existence.

« À cet âge-là, j'avais une chemise de nuit grande comme un manteau à deux places. C'est lui qui m'a fait découvrir qu'il y avait deux places, en se glissant un matin dedans, coulant son visage contre mon ventre, ma poitrine et ma joue gauche, puis se collant à moi, les deux mains immobiles le long de son corps. Il n'osait pas encore me toucher, malgré le désir que j'en avais.

J'étais à la fois pétrifiée et brûlante comme un pain sorti du four. Au bout d'une éternité, j'ai chuchoté : "Je ne te fais pas mal ?" J'avais peur de l'étouffer. Il a ri et j'ai senti alors la boucle métallique de sa ceinture contre mon ventre. Il était resté tout habillé, il avait juste enlevé ses chaussettes et le contact de ses pieds contre les miens me donnait envie de pleurer.

À l'époque, je ne savais rien de mon corps. Lui, en quelques nuits, à moins de quinze ans, a su m'apprivoiser avec des gestes d'une douceur incroyable, des gestes qu'il inventait pour moi. Il avait le bout des doigts bouclés, joyeux, qui savaient faire rire ma peau. Je tenais alors un cahier dans lequel je notais mes dialogues avec l'invisible. Avec des gestes que je n'avais jamais imaginés, il me transportait à des millions d'années-lumière de tout ce que j'avais vécu jusqu'à ce jour. Il me faisait découvrir que mon corps était un univers bien plus immense que celui qui m'entourait.

Je l'ai vouvoyé tout au long de notre relation. Ce vouvoiement fut un lien très fort entre nous.

Il représentait le maillon d'une longue chaîne de signes infimes de reconnaissance mutuelle.

Je ne savais pas encore si je l'aimais, mais j'étais amour. Ce mot emplissait mon cœur et ma bouche, il me comblait du seul fait de le lui offrir. J'aurais tant voulu lui dire : "Vous m'avez fait cadeau de m'éveiller à l'amour, vous m'avez faite aimance." J'étais devenue aimance. C'est plus tard que j'ai entendu le sens profond de ce mot que j'avais inventé. L'aimance est un amour qui ne s'égare jamais, qui ne se perd pas dans l'amour de l'autre, un amour qui résiste à toutes les maltraitances, qui se nourrit de sa propre énergie, c'est pourquoi il survit à toutes les souffrances...

Je ne savais pas que j'avais tant de caresses à lui offrir. C'était un sourcier, il m'avait appris à ruisseler, à laisser mon sexe jaillir. Je l'inondais de mes émois, dans le miracle d'un abandon sans pudeur, sans aliénation, dans la fraîcheur d'une confiance sans limite. J'ai gardé cela comme un cadeau que j'ai pu offrir à mon tour, dans toutes mes relations amoureuses, des plus éphémères aux plus durables et j'en éprouvais une infinie bienveillance envers la vie. »

L'HIVER était venu tôt cette année et le vieux monsieur ne rencontra à nouveau la vieille dame qu'à la veille de Noël, car ils ne fréquentaient pas les mêmes magasins. Ils se saluèrent de loin. Il se retourna cependant pour suivre encore un peu des yeux la silhouette si jeune, si légèrement aérienne de cette septuagénaire, octogénaire peut-être... dont il se rappelait le rire.

Il détectait, sans pouvoir l'identifier clairement, quelque chose de familier dans le mouvement de ses épaules. Il tentait de mieux s'accorder à d'infimes signaux dont il ne parvenait pas à retrouver la source en lui.

« DANS cette ferme où nous étions placés, moi comme bonne à tout faire, lui comme apprenti, il y avait des habitudes intangibles. Au petit matin, avant le lever du soleil, on se lavait très vite, un peu tous les jours et en grand le samedi en fin d'après-midi, après le marché et les rangements indispensables. »

Le samedi était le jour réservé pour la grande toilette du corps et de l'esprit, pour se nettoyer de toutes les pollutions accumulées au cours d'une semaine qui paraissait chaque fois sans fin à cette jeune fille. Clémence qui n'avait jamais disposé d'une intimité véritable, pouvait enfin se retrouver dans la quiétude relative d'un moment qui n'appartenait qu'à elle.

« Ma propre nudité m'inquiétait et dans la buanderie, coincée entre l'étable et l'atelier d'hiver, j'avais organisé tout un système pour me protéger dans la semi-obscurité du lieu avec une chaise couverte d'habits placée en écran face à la porte. Je masquais également un fenestron qui donnait sur l'arrière-cour de la ferme et qui fermait mal.

Un samedi j'étais assise, couverte de mousse, le menton posé sur mes genoux, dans ma lessiveuse des grands jours et je rêvais à mon avenir – je me voyais institutrice –, quand il a surgi derrière moi en disant : "Ne bougez pas, ne vous retournez pas. J'ai une surprise pour vous. Si vous êtes gênée, fermez les yeux." Et il a ajouté très vite, pour m'apaiser : "Je vais juste vous laver le dos !" Avec des gestes précieux et délicats, il m'a savonnée, m'a frictionnée comme jamais je ne l'avais été de ma vie. J'ai croisé mes mains sur ma poitrine, serré plus fort mes genoux repliés contre mon ventre et je gardais les yeux farouchement fermés tant j'avais peur d'être vue par lui. Cela peut paraître fou, mais, avec les yeux fermés, je me sentais en quelque sorte protégée de son regard.

Tout cela n'a pris que quelques minutes, ses

gestes apaisants et bons m'avaient enveloppée de gratitude. En partant il m'a laissé ce qui lui avait servi de gant, une feuille du figuier : "Pour le souvenir", a-t-il dit. »

CETTE feuille de figuier, elle l'avait gardée dans sa valise aux souvenirs, pendant quelques dix ans encore après la naissance de son fils, s'étonnant chaque fois de sa douceur râpeuse, lissant du bout des doigts sa texture serrée.

« Un dimanche de solitude blessée, je suis allée l'enterrer. J'avais besoin de faire le deuil, non de mon amour, mais de ma relation si courte, si dense avec lui. J'avais besoin d'arrêter d'espérer, de cesser d'attendre, besoin de sortir de l'inespéré, de retrouver mon intégrité en me réunifiant avec une part de moi que j'avais laissée chez lui. J'avais déjà vingt-sept ans et Fabien, mon petit bonhomme, approchait de dix ans. Je croyais alors que personne ne devait savoir ce que j'avais vécu avec Pierre. Ce jour-là, j'ai senti avec certitude que jamais plus je ne le reverrais. »

Clémence se souvenait bien de la tempête intérieure qui avait précédé sa décision et de l'apaisement qui l'avait habitée, après l'avoir prise.

Après le départ brutal de Pierre, elle avait pris sur elle toute la responsabilité de maintenir vivante, dans ses rêves éveillés, sa relation avec lui. Elle avait entretenu la croyance qu'il reviendrait, qu'il trouverait le moyen d'échapper à sa mère. Elle avait créé une fiction récurrente, qu'elle prenait plaisir à enjoliver : « Le jour où il reviendra, mes sentiments et ma relation seront intacts, inchangés. Je serai là pour l'accueillir dans ma chemise de nuit à deux places. »

Pendant des années et même durant son passage à l'École normale, elle avait vécu son absence comme un intermède, une parenthèse. Puis un jour, telle une évidence, cette pensée l'avait traversée : « C'est à moi maintenant de le quitter. »

Elle avait senti confusément que cette décision devait se marquer symboliquement, s'inscrire métaphoriquement avec un acte, pour en terminer avec une situation inachevée :

« J'ai fait le voyage jusqu'à la ferme. J'enseignais à Bordeaux à l'époque, dans une école de la périphérie. J'avais mis la feuille de figuier dans une boîte de biscuits avec un petit mot qui disait à peu près ceci :

– *Mon amour, mon Pierre, aujourd'hui c'est moi qui m'éloigne de toi. Où que tu sois de par le monde, je te quitte, je te laisse à ta propre histoire. J'éprouve le besoin de m'engager vers un nouvel amour. Je ne sais si je le rencontrerai, mais je veux être ouverte. J'ai grandi, je me sens femme totalement éveillée, responsable enfin de moi. Ton fils témoigne tous les jours de ta présence.* »

La ferme n'avait pas beaucoup changé dans son aspect extérieur ; seuls les bruits n'étaient plus les mêmes, les animaux avaient pratiquement disparu, on avait construit un hangar tout neuf en tôle ondulée. Les champs tout autour paraissaient plus grands, dépouillés de leurs haies, plus déserts que dans son souvenir. Mais l'arbre, l'arbre-folie, était toujours là.

Ce fayard plusieurs fois maltraité par la foudre avait été durant tout un printemps leur confident. Elle enterra la boîte au pied de l'arbre.

Son émotion fut si dense qu'elle ne put pleurer.

« Je me sentais traversée par des vagues de chaleur et en même temps j'avais froid. Un poids énorme me quittait, coulait de mes mains, ruisselait de mes cuisses, s'enfonçait dans la terre.

Ce fut plus qu'une libération. Comme si je sortais de mon corps, laissant au pied du hêtre une vieille dépouille, une partie de moi qui ne m'était plus nécessaire, ni vitale. »

Jamais elle n'avait parlé à son fils de cet épisode, ni de bien d'autres qui appartenaient à la part de son histoire qu'elle était la seule à pouvoir intérioriser.

QUAND Fabien l'interrogeait sur ses origines, il aurait voulu non seulement obtenir des réponses, mais avoir des traces, pouvoir toucher du doigt des objets qui auraient pu appartenir à son père.

« Tu m'as reproché un jour de n'avoir gardé aucune photo de ton père. Je n'en avais qu'une, tellement délavée par les pleurs, jaunie, craquelée de tant de nuits passées à la bercer, à la caresser ! C'est vrai, dans un grand moment de colère contre lui, contre la terre entière, contre moi aussi, j'ai déchiré un jour (de pluie) la seule photo que j'avais de lui. J'avais vingt-deux ans. Alors plus tard quand tu me demandais : "Comment il était, mon père ?", je ne pouvais répondre à cette question. Comment te dire que ce n'est pas ton père que j'ai connu, mais plutôt un jeune garçon de quinze ans, très silencieux et un peu fou, un amant éphémère, resté si longtemps présent dans mon corps... Non, je ne sais plus rien de ton père, je ne sais plus le son de sa voix, je connais très peu de chose de son histoire, et j'ignore à peu près tout de son enfance. Je sais seulement le feu de son regard, une ride profonde et dure au milieu du front, son ventre si doux, son dos souple, ses bras tendresse. J'ai partagé tant de rêves et tant de silences avec lui, que je sais sa respiration, son odeur, les chemins multiples de ses mains, la lumière de ses yeux, les frémissements de sa bouche. Je sais cette façon curieuse qu'il avait de tapoter sur la table avec son poing quand il était irrité. Nous nous sommes aimés dans la ferveur de nos tâtonnements et de nos silences, c'est dans mon corps qu'il est resté présent !

Comment d'ailleurs aurais-je pu dire qui il était en te montrant la photo d'un garçon de quinze ans, en culottes courtes, les cheveux tondus parce qu'il y avait eu des poux à l'école cette année-là, celle du certificat d'études !

Quand tu m'as posé la question : “Est ce qu'il était grand ?”, c'est drôle, tu avais exactement le même âge que lui ! J'ai dû faire beaucoup d'efforts, à ce moment-là, pour ne pas t'identifier à lui, pour ne pas le remplacer par toi. J'ai veillé avec, me semble-t-il, beaucoup de vigilance, à te voir toi et non pas lui au travers de toi. Je ne sais même pas si tu lui ressembles. Parfois peut-être par des signes infimes, quelques palpitations fugitives. D'autres fois par des manifestations plus vives. Dans les instants où te mets en colère, alors, oui, tu lui ressembles, quand tu deviens livide, la mâchoire serrée, quand tu es replié sur la violence d'une blessure qui s'est réveillée en toi, quand tu deviens intransigeant et si volontariste dans ta détermination que cela me fait peur. Malgré tout, je peux te le confirmer sans hésitation aucune : tu es bien son fils et ton histoire est bien la tienne ! »

LA première fois qu'ils se firent l'amour, qu'ils allèrent au-delà de leurs élans, à la rencontre de leurs désirs, ce fut un dimanche après-midi. Sur le plancher lisse et satiné de la chambre à grains, elle s'ouvrit à lui. Dans cette ferme, la pièce où l'on entreposait le grain depuis des générations était un lieu sacré. Comme il y avait eu quelques jours avant une livraison à un grossiste, tout un coin de plancher libéré formait un immense berceau doux et blond entre les masses frémissantes du blé.

Des années plus tard, elle se rappelait encore, effleurant sa paume, la douceur tendre, le satiné et la blondeur des planches.

Elle gardait dans son œil l'éclaboussure lumineuse d'une gerce inondée de soleil. Le dessin délicat des veinules aux teintes ocre, polies par la houle des grains, elle sentait et entendait le ruissellement du blé sur sa peau quand elle s'amusait à se rouler dans l'abondance de la moisson nouvellement engrangée. Elle voyait danser sous ses paupières des myriades de points lumineux, évanescents, les arabesques mouvantes de la poussière vibrante et veloutée.

Sans qu'ils le sachent, la chaleur de cet été torride les avait séparés, les avait éloignés l'un de l'autre pour mieux les réunir.

Cela faisait dix jours que Pierre était absent.

Dix jours qu'elle était privée de sa présence, de son odeur, de son rayonnement.

Il travaillait à l'annexe, la ferme des beaux-parents de la patronne qui avaient eu besoin de ses bras pour la fenaison. Clémence ne sut jamais que, durant ces quelques jours, il avait envisagé de mourir. Peut-être était-ce pour mieux mettre sa vie à l'épreuve ou l'apprivoiser. Il avait passé toute une nuit en travers des rails de la voie Toulouse-Pau, ignorant qu'une grève des conducteurs de locomotives avait immobilisé tous les trains du réseau Sud-Ouest.

En souhaitant mourir, Pierre avait eu le sentiment de donner à Clémence une preuve de son amour. Il pressentait confusément une menace latente, dangereuse, dans les réactions violentes de sa mère si elle venait à apprendre son amour pour une autre femme qu'elle.

CE dimanche, les patrons étaient absents – en famille – comme ils disaient quand ils allaient voir la parenté au bourg voisin. Clémence et Pierre devaient garder la ferme et surtout surveiller les bêtes. Le ciel s'était chargé de nuages et de courants chauds, anarchiques, violents. On était en septembre, et il n'y avait pas eu de pluie depuis le 20 mai : le sol électrique, vibrant, retenait toutes ses sources, la végétation crissait comme du papier d'emballage. La ferme vivait au ralenti, assoupie dans ses torpeurs, retenue dans ses envols ; les objets mêmes paraissaient inattentifs à la vie, leur mémoire comme fossilisée.

Après le repas de midi qu'ils desservirent en silence, ils allèrent se promener loin des bâtiments, au fond du vallon – à la Rose, ainsi nommé en souvenir d'une des filles de la famille qui avait demandé à être enterrée là. Ils s'étaient installés dans leur arbre-folie quand le ciel s'ouvrit d'un seul coup, d'un seul jet, et tomba sur la terre.

L'arbre-folie était une invention de Pierre. Chaque dimanche, quand les patrons étaient à la messe, quand le pain était prêt, quand tous les outils étaient rangés, ils allaient vers cet immense fayard vieux de plusieurs siècles. Il était à eux, ils se l'étaient approprié d'un commun accord et cet arbre aimé les connaissait bien, ils venaient souvent vers lui, car il avait su les apprivoiser.

Accrochés aux branches les plus inaccessibles, ils inventaient là, chaque dimanche, un rêve nouveau : la fin du monde, le déluge, la banquise ou un désert torride, la jungle en feu, les Jivaros réducteurs de tête, un trésor à déterrer, l'abordage d'un galion chargé de joyaux... Chaque fois ils s'engloutissaient avec passion dans les mirages d'un temps qui n'appartenait qu'à eux.

Ce jour-là, la tempête torturait la mer et le voilier chargé d'esclaves et de la fille de l'Inca ramenée en otage sombra corps et biens. La branche qui supportait Pierre cassa net dans un vacarme épouvantable. Violence de l'orage, vérité du jeu, impétuosité du capitaine, la réalité fit soudain une irruption brutale dans leur rêve. Il n'y a pas toujours un accord parfait dans la rencontre de deux univers aussi différents que celui de la raison et de l'imagination. Ce n'est que beaucoup plus tard, dans le dernier versant de sa vie, que Clémence découvrit qu'il arrive parfois à la réalité d'agrandir et même d'éblouir le rêve le plus fou.

Dans l'instant, Pierre, le corps désarticulé, les yeux fermés, dépouillé de toutes ses ardeurs, gisait immobile, sans vie.

Clémence poussa le cri le plus violent de son existence, se jeta à terre et prit la tête de Pierre contre elle. Avec infiniment de soin, elle la posa sur son ventre, referma les jambes sur lui et resta immobile à l'écoute soudaine de l'effroi et du plaisir qui déferlaient en elle. Dans ses confidences à Madeleine, elle avait livré le plus intime, le plus vivace de son amour pour Pierre.

« La pluie ruisselait, notre arbre-folie semblait pleurer sans fin, le ciel se fermait à tout horizon mais je me sentais vivante comme jamais, mon ventre brûlait, mon sexe était devenu immense, je le sentais battre jusque dans ma gorge... Et quand Pierre ouvrit les yeux après longtemps, si longtemps, mon plaisir m'inonda. Je ne savais pas que les femmes pouvaient couler de la sorte sans retenue, sans honte, tout le chaud et l'abondance du plaisir. Des années plus tard il me suffisait de fermer les yeux, de replier les jambes, d'imaginer la tête de Pierre contre mon ventre et mon sexe s'ouvrait, se répandait à nouveau sans limite aucune. Ruissellement fabuleux qui m'emportait vers le midi de mes dix-sept ans... »

Vers la fin de l'après-midi, quand le soleil fut revenu, ils allèrent, comme s'ils l'avaient su depuis toujours, vers la chambre à grains pour s'étendre et vivre l'amour.

Au début ils s'éblouirent de rires, la luminosité de leur corps leur révélait des émotions inconnues, la faim révélée de leurs sentiments leur fit inventer des gestes étonnés de leur propre liberté. Puis la gravité de leur silence s'imposa. Quand il la pénétra, les yeux grands ouverts, ils se sourirent, accordés à toute l'acceptation du monde. La vie immense chantait et resplendissait dans chacune de leurs fibres.

« J'avais lu cette phrase dans un livre : se donner à quelqu'un corps et âme. J'ai su ce jour-là quelques-uns des sens multiples de ces mots. »

« DURANT ces quelques jours, je n'ai pas eu le temps de passer du sentiment amoureux à l'amour, je suis restée dans l'immédiateté de l'instant. Rien ne s'est usé, rien ne s'est rassasié. J'ai découvert l'ampleur de mon amour pour lui après son départ. Là, il a eu toute la place pour se déployer. Je n'ai pleuré sur rien quand j'étais avec lui, j'étais dans l'abondance de nos étreintes. Quand mes pleurs sont venus, ils ont remis à jour l'injustice de ma vie. Les vieux démons de mon enfance étaient toujours là, à l'affût de ma vulnérabilité. La cruauté de l'incompréhension que j'ai sentie chez sa mère, chez tous les adultes qui m'entouraient, me renvoyait à une solitude sans nom. Ah ! si pleurer avait pu me donner le pouvoir de remodeler le passé, de transformer l'irrémédiable, de créer une autre réalité à ma mesure.

J'aurais voulu trouver dans mon corps de tels pleurs. Des larmes de diamant pour redécouper, réagencer les fondements d'une histoire qui m'avait été imposée jusqu'alors sans mon accord. Il paraît que le mot amour vient d'un mot ancien qui signifie chercher la mamelle. Tant que j'étais avec Pierre je vivais au présent dans l'intense et l'absolu de l'instant. Je n'avais plus besoin de chercher la mamelle, elle m'avait été donnée.

Tant que j'étais amoureuse, j'étais protégée à la fois du passé et de l'avenir, dans un jaillissement d'énergie qui me reliait entièrement à l'infini du présent. Après notre rencontre dans la chambre à grains, quand je me trouvais seule dans un champ, à surveiller les moutons et les brebis, je me dressais sur la pointe des pieds, et bras tendus je touchais le ciel. Je pouvais saisir un bout d'azur dans ma paume et généreusement l'offrir au monde.

Être amoureuse est un état unique, rougeoyant, semblable à l'incandescence du soleil de midi. Je me sentais portée dans un rayonnement, une aura qui me rendait invincible à tous les malheurs, à toutes les misères. Je ne savais plus rien de la souffrance du monde, ni de ses petitesses ni de ses mesquineries. Le désir m'inondait bien avant mon réveil. Mon sexe vibrait, mes jambes s'ouvraient d'elles-mêmes et je restais ainsi avec ce gonflement de moi. L'eau qui surgissait de mon ventre, qui se répandait sur mes cuisses devenait plus douce, plus ambrée. J'entrais dans le mystère de l'amour sans étonnement, émerveillée de sa limpidité, comme la première fois où j'avais ouvert les yeux sous l'eau, dans la rivière, surprise de tant de clarté.

Dans un roman dont j'ai perdu le titre, l'héroïne disait, ce qui lui paraissait être l'équivalent d'une catastrophe : "Il a pris entièrement possession de moi." Pierre ne m'a jamais possédée, il a simplement élu domicile en moi. J'ai accueilli son corps dans le mien, pour une cohabitation sans réserve, sans ombre. »

C'est souvent tardivement que nous accueillons les dévoilements successifs d'une passion amoureuse, et bien plus tard encore que nous en entendons l'enseignement déposé dans chacune des fibres de notre corps.

« Par le corps de Pierre déposé en moi j'ai commencé à engranger, d'abord de la lumière, des parfums, des sensations nouvelles, des mouvements évidents, comme celui de me redresser toute droite, de tendre haut les bras pour devenir une antenne vivante à l'écoute des vibrations de la vie.

Avant Pierre je ne savais rien de la "vivance" de la vie, je survivais, je végétais dans une angoisse diffuse, même si je ne le savais pas aussi clairement que je l'énonce, dans l'attente apeurée de ce que me réservait mon passé. Je n'étais pas tournée vers l'avenir, n'ayant encore aucune prise sur lui.

À l'époque, je ne savais pas que j'avais une âme. Une âme si sensible qu'elle tremblait, du moins je l'éprouvais ainsi, au seul déplacement de l'air bousculé par Pierre.

Avec cet amour j'étais née, sans le savoir, à la dépendance. Je me suis mise à régresser, à ne plus supporter la solitude.

La souffrance est venue plus tard.

Paradoxalement, durant plusieurs mois, alors que c'était lui qui m'avait quittée, j'ai vécu avec le sentiment lancinant d'avoir trahi Pierre, en me disant que j'aurais dû être plus combative, plus tenace, que j'aurais dû affronter sa mère pour le sortir de ses griffes, de sa possessivité, pour le délivrer de son emprise. Oui, je me sentais coupable, de n'avoir pas eu assez d'énergie pour le garder, pour le retenir. De n'avoir pas osé lui dire qu'il pouvait se délier de sa mère sans pour autant l'abandonner, qu'il pouvait m'aimer sans la trahir, construire un projet de vie avec moi sans la délaisser... Je m'en voulais d'avoir été trop jeune, immature pour affronter la redoutable Élise... »

LA maison de Clémence allait être détruite : elle faisait partie d'un terrain sur lequel un vaste ensemble résidentiel d'aluminium et de verre devait s'élever. On lui avait offert de prendre une option pour un F1 et 1/2, mais elle ne voulait pas quitter cette maison où son fils avait grandi, où avaient éclos quelques-uns des plus beaux moments de sa vie d'adulte.

Le printemps lui apporta une joie inattendue : son propriétaire lui accorda un sursis de six mois.

« C'est largement suffisant pour moi » fut son seul commentaire.

ELLE revit quelques jours après le vieux monsieur à la baguette de pain, après avoir reçu cette bonne nouvelle. Il s'était réfugié sous le même abribus qu'elle. Ils avaient l'un et l'autre le corps vrillé par le froid tant le vent faisait rage. Il la salua silencieusement, ferma un peu plus son manteau, et son regard cessa de briller derrière ses lunettes. Il était ailleurs, à la fois présent et absent.

Elle pensa : « Il ne doit pas rire souvent cet homme. Élégant comme il est, ce doit être un fonctionnaire à la retraite et il doit vivre seul, car il n'achète pas beaucoup. »

Le vent cessa quelques instants, ils se regardèrent, le temps s'immobilisa l'espace d'un soupir puis le vieux monsieur s'éloigna. Clémence éprouva un élan de compassion, esquissa un geste infime vers la silhouette qui se fondait déjà dans le jour trop vif de ce matin-là. Une partie de son corps l'appelait sans qu'elle le sache encore.

« JUSQU'À ce que je rencontre Georges, j'ai écrit de nombreuses pages, dans de multiples carnets à spirales, que j'emportais partout. Carnets qui m'ont suivi dans tous mes déménagements. J'écrivais avec le souci de maintenir intacte ma flamme, mon espérance. J'avais cette croyance que les mots étaient des ferments et des semences préservées de l'usure du temps. J.B. Pontalis, que j'aime beaucoup pour la sensibilité de son regard sur l'infime des choses, sur l'impalpable du présent, sur la trame invisible des souvenirs et la puissance de leur résonance, disait : "Des mots, des images, des traits, tout plutôt que le cri surgi de la détresse et de l'effroi, ce cri d'un enfant perdu que personne au monde n'entend."

Moi j'avais surtout besoin de mots pour forcer l'indicible à renoncer, à lâcher prise, pour le déloger de l'immense chaos de l'injustice et de l'incertitude. Même si je suis restée enfermée longtemps dans la violence du silence, j'ai appris douloureusement combien il est essentiel de se dire pour pouvoir s'entendre. »

« Le premier mois j'ai cru à un retard.

« Dans mon village, chaque maison avait un fil pour étendre le linge à sécher et un autre plus caché, plus discret, pour les serviettes hygiéniques. Si bien que tous les voisins étaient informés avant même les intéressées :

"Tiens ! la Marie, n'a pas mis ses drapeaux ce mois-ci, il doit y avoir anguille sous roche !" Et de sourire ou de ricaner, selon les cas. Ainsi le village entier apprenait que la Marie était dans une situation intéressante et dans les chaumières les supputations allaient alimenter plusieurs veillées.

Au deuxième mois, j'ai commencé à comprendre que j'attendais un bébé. Sans y croire tout à fait. C'était trop inouï, irréel.

Cette grossesse ne m'appartenait pas encore.

À l'intérieur j'étais toujours une enfant, avec un ventre tout plat, des seins encore minuscules. Et surtout, je ne me sentais pas capable d'être mère. N'en ayant pas eu, je n'imaginais pas pouvoir être une bonne mère pour un enfant. J'avais cette croyance dans la tête depuis toujours : quand on n'a pas eu de mère, on ne peut pas savoir comment élever un enfant ! Il y a trop de fragilités dans un enfant, trop d'attentes, de besoins impérieux, et moi je me sentais trop pauvre, trop démunie pour pouvoir apporter un tant soit peu de réponses sécurisantes. Et voilà qu'un tout petit bébé, une graine encore, me délogeait de toutes mes certitudes, me poussait hors de moi. Au début, je le voyais vraiment comme une graine déposée au fond de mon sexe, bien calé entre deux rotondités de chair rose. Je voyais une graine verte, qui allait germer, grandir, se développer et fleurir à l'intérieur comme l'aurait fait une plante de jardin. Quelques mois plus tard après mon départ de la ferme, cette graine avait une forme : je la visionnais comme un garçon confortablement installé dans le berceau de mon ventre, avec les bras croisés sous la nuque, les genoux relevés, qui rêvait à la vie qu'il aurait à sa sortie. »

Quand un enfant est rêvé avant même d'être aimé, l'amour qui se déposera sur lui par la suite aura toujours le goût du ciel.

« UN soir, après le repas, pendant la vaisselle, j'ai osé parler à la patronne. Elle a cligné les yeux plusieurs fois, silencieuse, et a mis un doigt sur ses lèvres tout en touchant son ventre. Son émotion était sincère. Son fils Jean, de trois ans plus âgé que Pierre, lui paraissait de toute évidence être le fauteur. Puis elle s'est essuyé les mains, a fermé un court instant les yeux, secoué la tête, rattaché d'un geste vif la torsade de son chignon, balayé l'air devant elle d'un geste coléreux. Je me souviens qu'elle a même pincé son sein gauche comme si elle en vérifiait la présence ou la consistance. Quand elle a commencé à parler, sa voix sèche et coupante, sans mots inutiles, m'a fait mal au point que j'ai reculé vers la porte, prête à m'enfuir.

“De qui est-il, tu le sais ? Si c'est Jean, on réparera.”

Puis sans même regarder Pierre :

“Si c'est un autre, tu partiras. Je ne veux pas de ça à la maison !”

Jusqu'à cet instant, elle n'imaginait pas que Pierre puisse être mon amant. J'ai murmuré :

“C'est Pierre.”

Lui n'a pas bougé, mais j'ai vu qu'il se redressait et regardait mon ventre.

Elle a haussé les épaules comme si elle ne me croyait pas. Elle s'est agitée autour de la cheminée et a gardé le silence.

Plus tard je l'ai entendue interpeller son fils : “Si c'est toi, il faut me le dire. Il s'agit de notre sang, il ne faut pas le laisser perdre.”

Il a dû lui confirmer que ce n'était pas lui, qu'il ne savait rien, que cela s'était passé entre Pierre et moi, certainement un jour où il n'y avait personne à la ferme.

Le soir suivant, après le repas, elle m'a avertie qu'une dame de l'Assistance publique, puisque j'en dépendais, viendrait me chercher le lendemain tôt dans la matinée, que je devais préparer mes affaires, que j'étais dispensée de travail. Elle avait tout organisé et même envoyé son fils Jean dans la parenté voisine, car je ne le revis plus.

Aux premières lueurs de l'aube, la terrible et toute-puissante Élise, la mère de Pierre, était là, s'emparait de son fils, interrompait son apprentissage pour l'emmener au loin de ce lieu de perdition, sans aucun espoir de retour.

Devant la porte, penchée sur lui, ai-je cru l'entendre ou l'ai-je inventé ? elle lui disait :

"Je ne sais pas ce qui s'est passé dans ta tête, tu n'as rien à faire avec une fille de l'Assistance, tu mérites mieux. Je ne veux pas te voir gâcher ta vie avec une fille qui n'est pas de notre milieu, qui vient de nulle part. Ton père et moi on a des ancêtres qui remontent loin, on ne doit pas les décevoir !"

"Tu viens de nulle part !" Combien de fois avais-je entendu ces mots que je ressentais comme infamants ? Petite fille, je croyais que "Nulle part" était une région. J'avais demandé à mon institutrice du cours moyen 2, où il se trouvait le pays de "Nulle part". Elle m'avait répondu gentiment que ce n'était pas un pays, mais que cette expression désignait un lieu inconnu, peut-être à inventer, qui peut être partout, n'importe où, mais de toute façon pas très proche, sinon on le connaîtrait. Ainsi je venais d'un endroit moi aussi, mais sans ancêtres... J'avais bien perçu que d'être de nulle part, ce n'était pas la même chose que d'être de n'importe où. J'espérais que, moi aussi, un jour je serais de quelque part.

Pierre est parti sans me dire au revoir, sans rien me laisser de lui, seulement toi qui ne bougeais pas encore en moi. Dans sa chambre, j'ai trouvé un livre, une édition du tome trois des *Pardaillan* de Michel Zévaco. C'est ainsi que je suis entrée dans une autre histoire d'amour impossible, qui se déroulait au XVIe siècle, en y investissant tout mon argent de poche car il y avait sept autres tomes qui reçurent beaucoup de larmes dans les premiers mois de notre séparation. Je ne lisais pas de livres sur la grossesse, comme cela se fait aujourd'hui, je fuyais ma condition de femme abandonnée dans une autre histoire d'amour, de courage et de trahison qui m'emportait hors de mon présent. Ce furent les livres qui certainement m'ont permis de survivre sans trop me dévaloriser.

Ton père, je ne l'ai revu qu'une fois. Il avait fugué de chez lui pour venir me voir à la maternité de la Grave où j'avais accouché seule, après quarante-huit heures de contractions. Pour te voir aussi, "seulement quelques minutes, a-t-il dit, car ma mère va s'inquiéter". Il était venu, mais ne voulait pas inquiéter sa mère, ne souhaitait surtout pas déclencher la colère de cette femme pour laquelle, je le comprends mieux aujourd'hui, il avait une affection blessée.

Élise l'avait bel et bien repris. Mais comme je croyais l'avoir perdu pour toujours, après son départ de la ferme, j'ai reçu sa visite comme un vrai cadeau. Les bonnes sœurs qui servaient d'infirmières ont cru que c'était mon jeune frère et ont ajouté "qu'il avait été très poli !".

Il avait mis pour cette occasion des pantalons longs et tripotait un bouquet qu'il oublia de laisser. Je ne savais que dire, je n'avais d'yeux que pour toi, tu avais cinq jours et déjà tu me comblais, m'inquiétais, me mobilisais comme personne ne le ferait par la suite.

Au début de notre séparation je lui avais

écrit, comme pour tenter de ralentir la vitesse qui m'emportait vers un gouffre opaque, pour freiner ma chute dans l'innommable. Lui écrire pour lui offrir mes mains pleines de caresses, pleines du désir de découvrir encore chaque centimètre de sa peau. Pour lui crier, que je pensais à lui, que je gardais tout, tout le précieux des instants vécus ensemble. Instants d'écoute attentive, de souffle suspendu, de silences remplis par le vacarme de mon cœur. Instants de plénitude envolée. Instants construits de tous les regards que nous avions échangés. Pendant plus d'un an, je n'avais été que le réceptacle de tous ses regards. Je m'étais tellement emplie de lui par tous les pores de mon être, je m'étais nourrie de sa présence à chaque instant.

Notre amour, le sien et le mien mélangés, n'avait duré que quelques semaines. Le mien allait habiter une grande partie de mon existence. Je n'avais pour mémoire que la somme des souvenirs de chacun des moments passés avec lui, des instants privilégiés qui m'avaient appartenu en entier, à moi seule, avant l'intrusion d'une réalité qui allait nous séparer.

J'aimais à me rappeler quand il dormait près

de moi. Ces nuits où je restais éveillée longtemps à l'écouter dormir, à respirer son odeur, à effleurer ses cheveux, à être là bercée par sa présence.

Je n'avais pas su lui dire : “Je t'aime.” Je crois que je n'ai jamais su. Ces deux mots me paraissent trop courts, trop étroits, trop petits pour dire tout ce qui m'habitait. Je ne lui ai jamais fait de déclaration ou de demande, j'imaginais qu'il sentait que j'étais toute à lui.

Après ma sortie de la maternité, je sentais, comme malgré moi, que je l'avais perdu pour toujours. Je combattais ce sentiment par une espérance, lui aussi allait grandir, peut-être un jour serait-il libre de sa mère ? Peut-être pourrait-il me retrouver, me rejoindre ? J'étais entièrement disponible pour garder le plus précieux, ce qu'il m'avait laissé, toi... »

« UN enfant doit avoir une place. En général, cette place, elle est à côté d'un adulte ou entre deux adultes, cela dépend. C'est comme cela que se construit un enfant. Je veux dire que c'est ainsi qu'il peut développer cette enveloppe subtile, telle une aura, qui va entourer son corps, et lui permettre d'occuper ainsi tout l'espace qui est le sien.

J'ai tenté de donner à mon fils cette place, que moi je n'avais pas eue. Enfant, dans ses dessins, il ne se représentait jamais directement. Il dessinait des paysages sans maison ni chemins. Mais il y avait toujours une source, un ruisseau, une rivière, des arbres et des rochers. Des rochers isolés et des rochers empilés. Et il me disait : “Ils vont arriver !” Je n'ai jamais su qui allait arriver. Je ne suis que sa mère, et il ne m'appartenait pas de jouer au psy, de déchiffrer ou d'interpréter ses dessins. Il me revenait seulement de lui permettre de dessiner et de mettre des mots sur ce qu'il tentait d'exprimer. Même si je ne comprenais pas.

Fabien m'a appris l'humilité, la relativité des certitudes dont nous aimons nous entourer pour nous protéger de l'imprévisible. Avec lui, j'ai su que tout était toujours en transformation, en mutation, en devenir. C'est le plus beau cadeau qu'il m'ait fait. »

AUCUN autre amour, aucune relation, n'aurait pu mettre en danger le lien qu'il y avait entre Fabien et elle. Plus tard, quand elle ne s'occupa plus matériellement de lui au travers des soins du corps, des actes de survie alimentaire et autres gestes essentiels, ils gardèrent une qualité d'échange et de partage qui le marqua à jamais. Elle lui parlait de Pierre sans équivoque, entretenait son souvenir avec affection et une tranquillité qui rassurait son fils et lui confirmait son histoire, en le laissant cependant tout au bord de ses origines, « avec des racines à ciel ouvert », disait-elle, car elle ne pouvait rien dire de plus sur ses propres ancêtres, ni sur ceux de Pierre.

« Je ne sais pas ce qu'il est devenu. Il n'a jamais donné signe de vie. Une fois, une fois seulement, j'ai osé écrire à Élise, à celle qui resta longtemps pour moi omniprésente, toute-puissante, pour donner des nouvelles de toi. Elle m'a envoyé du chocolat et quelques vêtements pour enfant, trop petits. Tu grandissais si vite, elle ne le savait pas... »

« QU'EST-CE qu'il a dit en me voyant ? » avait demandé Fabien le jour anniversaire de ses quarante-cinq ans. Il posait rarement des questions sur son géniteur, mais comme une de ses filles venait d'accoucher, un tiraillement vers ses sources, un appel vers ses origines, le reprenait. Chaque fois qu'il devenait père, la question de sa filiation remontait à la surface, le taraudait durant quelques jours, puis s'apaisait pour revenir quelques mois, quelques années plus tard quand il avait un nouvel enfant !

« Rien, il n'a rien dit. Il a tenté de te sortir du berceau et t'a pris doucement dans ses bras. Je voyais qu'il craignait de te serrer trop fort et aussi que tu glisses de ses mains et que tu puisses tomber. Ah ! si... il a dit : “J'ai peur de ne pas savoir.” Et puis, il est parti après m'avoir embrassé la main. Jamais il n'avait embrassé ma main. »

Le visage soudain illuminé, elle ajouta :

« Avec lui c'était toujours du nouveau... il avait besoin d'inventer chaque rencontre. »

C'est à l'École normale que j'ai découvert le plaisir d'apprendre. Un plaisir d'affamée dont je n'étais jamais rassasiée. Je me suis laissé aspirer par le savoir, avec un bonheur sensuel, qui mobilisait tous mes sens. Tant de connaissances nouvelles, tels des éclats de lumière, m'illuminaient et révélaient d'autres connaissances tapies dans l'obscurité de mon ignorance. Chaque découverte mettait au jour l'immensité, jamais comblée, de tout ce qu'il était possible d'étudier. J'étais possédée par un désir actif, à l'affût de connaissances proches ou plus lointaines attendant d'être apprivoisées.

Ce furent des années où je me sentais en expansion, exploratrice et ambassadrice d'un savoir que je recevais comme une révélation.

C'est ainsi que, progressivement, je me suis sentie chargée d'une mission de transmission.

Durant cette période j'ai aussi appris qu'il faut de la joie pour enseigner et de la ferveur pour apprendre à enseigner. Une joyeuseté pour alimenter la curiosité d'aller plus loin, plus profond au-delà du connu, et beaucoup de patience, d'humour et de tendresse pour combler inlassablement l'énorme différence entre ce qui est proposé, offert, et ce qui est reçu, retenu. La combinaison rare et nécessaire de ces deux joies, l'une chez l'apprenant, l'autre chez l'enseignant, chaque fois que j'ai pu la créer, m'a apporté beaucoup de confiance en moi et d'amour pour les enfants.

Aimer donne un pouvoir inouï, celui de changer de planète, de passer dans un autre univers où les repères et les références connues deviennent caducs, soudain incompréhensibles et inutiles. J'avais l'impression de devoir tout inventer pour trouver enfin ma place. J'avais vingt-cinq ans, j'étais mère d'un enfant de huit ans, mon amant avait disparu et mon amour m'habitait comme jamais.

J'ai encore porté à vif cet amour pour Pierre

durant neuf mois, après ma sortie de l'École normale, puis j'ai rencontré Georges, qui m'a donné, jusqu'à sa mort, la tendresse et le respect dont j'avais besoin, pour continuer à me construire.

J'avais cinquante-neuf ans quand il m'a quittée. Je n'ai rien à dire de cette relation qui s'est vécue au grand jour, tour à tour agitée et apaisée. Je n'ai rien à en dire sinon qu'elle m'a conduite au seuil de la vieillesse, c'est-à-dire au temps du souvenir.

Avec Pierre j'avais partagé trois choses : l'éblouissement de la rencontre, le cadeau de vie d'un enfant, la plénitude d'un amour absolu. Ce qui est resté en moi comme un tout. Quand, enceinte de deux mois, j'ai entendu ma patronne me dire : "Je ne veux pas de ça à la maison", elle avait failli salir, comme à son habitude, quelque chose de merveilleux, de pur, de rare. J'avais déjà remarqué combien sa bouche et parfois son regard pouvaient dégrader les choses ou les événements. Je n'ai que rarement rencontré des personnes qui avaient ce talent de violenter avec autant de plaisir les sentiments, de corrompre, ainsi qu'elle le faisait, les événements heureux. Cela supposait chez elle une solide constance dans la perversité. J'ai mis longtemps à me laver, à me dépolluer de toute cette négativité, à retrouver une confiance suffisante pour ne plus me blesser au contact de ceux qui ont pour vocation première d'abîmer la vie. »

« APRÈS cette première fois dans la chambre à grains, durant deux mois entiers, faire l'amour avait été notre préoccupation essentielle, principale, urgente. Lui et moi, moi peut-être plus que lui, je ne pensais qu'à ça. Tout le jour en était réduit à une attente trop longue du soir et la nuit était trop courte pour combler nos impatiences. Avec cette conviction de n'avoir vécu jusqu'à ce jour que pour faire l'amour, être amour.

Dès le matin, avant que nous ayons ouvert les yeux, avant le lever du soleil, nos corps se cherchaient, s'emboîtaient, tous mes sens se mêlaient aux siens avec une précipitation maladroite. Ma bouche, mes mains partaient à sa recherche. Tout au long du jour, nous faisions l'amour avec les yeux, avec un sourire, avec un soupir, avec un peu de pain, avec une porte qui s'ouvre, une autre qui se ferme, un volet qui bat dans un souffle du vent, un oiseau dérangé qui s'envole et revient. Un brin de duvet voletant dans l'air, et c'était sa joue qui caressait la mienne. Celui qui est amoureux fait feu de tout bois, il brûle au seul contact de la rugosité d'un coin de mur où l'autre a déposé son ombre. Il voyage sur chaque nuage, habite le moindre silence pour agrandir d'un peu d'avenir le présent, s'enfièvre avec le tic-tac de l'horloge, s'enivre d'un vol d'étourneaux. La patronne, son mari, leur fils étaient devenus des fantômes, des zombies dont je traversais les corps dix fois par jour sans jamais les rencontrer. J'étais encore une enfant dans une enveloppe de chair soudain éclatée, d'où débordait un corps de femme et je me découvrais affamée, avide de plaisirs, d'abandons et d'offrandes. Je lui chuchotais à chaque occasion l'un ou l'autre de ces trois mots que je considérais comme les plus beaux de la langue française : "Oui", "Viens vite" et "Encore, encore". Je venais de les découvrir et je ne me lassais pas de les chanter à l'intérieur de moi : "Oui, encore, encore, oui, viens vite, viens..."

Jusqu'alors j'avais eu le corps en errance, et soudain tous mes sens se rassemblaient, se raccordaient, trouvaient un ancrage. Plus je me donnais, plus je recevais, et plus j'existais, découvrant chaque jour l'immensité de mes possibles. Avant Pierre, je donnais plus d'importance à tout ce que je n'avais pas fait, plutôt qu'à ce que j'avais fait. Avec lui, ce qui était, ce que je faisais, ce que j'étais prenait toute la place, devenait plus important, plus essentiel que tout ce qui ne se passait pas, que tout ce que je n'étais pas.

Pierre a été pour moi une source et une lumière, il m'a sortie de mes confusions et m'a fait entrer dans l'humanitude. C'est grâce à lui, pour le rejoindre hors du temps, que j'ai commencé à écrire.

Avant lui j'étais silencieuse, pleine de tous mes silences que je pouvais ciseler, ou rassembler en guirlandes que j'imaginais pouvoir jeter vers le ciel, mais j'étais seulement en survivance, de passage.

Avec lui, j'ai découvert la beauté des mots,

même si j'avais peur que trop de mots éteignent la magie de nos rencontres. D'une certaine façon, c'est en m'appuyant sur sa présence que je me suis installée dans la vie à plein temps...

C'est à partir de lui que j'ai voulu être institutrice. »

CLÉMENCE s'égara dans quelques relations trop faciles. Elle croyait pouvoir créer des liens légers tissés dans l'impalpable de rencontres éphémères, dans lesquelles deux êtres séparés et cependant entiers peuvent tenter de s'approcher, voire de s'attacher sans se contraindre. Sans jamais aussi pouvoir se réunir non plus dans la totalité de leurs sentiments. Parmi ces signes, lancés entre deux êtres dans l'éclat du premier regard, il y avait le vibrato imperceptible d'une intonation, la musique d'une voix, la palpitation infinie d'un geste et surtout ce pincement du cœur, cette retenue du souffle. Sa main tentant d'apaiser son cœur soudain devenu trop vivant, un soupir de doute surgi entre deux étreintes.

Elle avait dû s'interroger. Comment à la fois

se perdre dans le désir de l'autre et sauvegarder, garder le plus vivant possible son propre désir ? Comment devenir un, accéder à la totalité et rester dans le plein de l'autre ? L'acte d'amour s'épanouit avec le plaisir d'être ensemble, mais il s'amplifie surtout avec le souvenir, quand le futur ne désespère pas le présent, quand le présent ne se perd pas dans le passé.

Il y avait toujours en elle la trace de cette brûlure au bas de son ventre, le regret lancinant de l'absence de Pierre. Elle garda aussi pendant longtemps sa colère contre la décision injuste de les séparer, prise par des adultes aveugles. Tout cela aurait dû l'alerter, le calme ne serait pas en elle avant longtemps.

PIERRE et Clémence s'étaient rencontrés en aveugles et leurs tâtonnements impatients étaient autant d'appels, d'invitations, de fuites ou de réserves quand leurs désirs les affolaient trop et les rendaient suffisamment aveugles pour refuser d'imaginer des lendemains en s'accrochant au présent, en s'enfouissant dans l'instant pour tenter d'échapper à l'avancée du temps.

Ils venaient de si loin, l'un vers l'autre, qu'ils ne pouvaient se manquer, mais de pays si différents qu'ils ne pouvaient aller au-delà de leur rencontre. Tout cela ils voulaient l'un et l'autre si fort l'ignorer, qu'ils ne purent l'entendre et le découvrir que quand ils se perdirent, croyaient-ils, à jamais.

Ceux qui ont aimé savent qu'il faut des mois

de présence proche, des années-lumière, de regards attentifs pour découvrir le paysage intime d'un visage, la fluidité changeante de chaque heure d'une journée, les ombres et les scintillements des rêves, des projets, de l'espérance sous le secret des paupières. Elle se souvenait bien de sa première vision de lui, le premier soir au début du repas, dans la grande salle de la ferme. Ses deux mains aux doigts crispés à peine posées sur le bois de la table d'orme, poli par des soins immémoriaux, le corps un peu arqué comme s'il allait soudain tout rejeter, se lever et s'enfuir. Déjà en partance avant même d'être là.

Pierre devait déjà avoir en lui la maladie des lointains. Une affection particulière qui vous pousse hors du réel pour vous projeter dans un ailleurs où la réalité semble plus vraie que tout ce que vous avez connu. Le besoin de se fuir, vécu comme la tentation d'une espérance sans espoir. Espérance-leurre, alimentée par la seule force d'un désir innommable tant son ampleur le dépassait. Un désir qu'il ne pouvait faire sien qu'au travers d'un chantier sans cesse en déconstruction.

Quand il lui parlait de l'avenir, de son avenir, c'était toujours en Afrique, en Chine, en Patagonie qu'il se voyait vivre. Sa Patagonie était un pays où l'on pouvait devenir roi sans difficulté : il suffisait de conquérir de la terre, à la dimension d'un royaume, par son travail, et surtout par de la volonté. Il enjolivait et polissait inlassablement un scénario, avec toujours plus de détails. Il construisait un domaine balisé à l'arrière par une montagne, sur l'un des côtés par un fleuve, sur l'autre par un désert (ou parfois une forêt), et sur l'avant par une mer qui donnait un espace de liberté immense à son royaume.

Au nord, tout au fond, des falaises d'argent, lisses comme des murailles, montagnes infranchissables ; à l'est, au soleil levant, une rivière ou plutôt un fleuve sauvage qui passerait en tournant sur la gauche, sur le devant du domaine, avant de rejoindre la mer ; à l'ouest, une forêt pour le bois et le mystère (il avait renoncé au désert) ; devant, plein sud, la mer se perdant dans un océan sans limite.

UNE fois, une fois seulement Madeleine osa l'interroger.

« Tu l'as aimé, mais lui, a-t-il eu de l'amour pour toi ?

– Je crois. Au début, il aimait l'amour que j'avais pour lui, il en était comme grisé. J'ai perçu qu'il commençait à m'aimer le jour où sa mère l'a repris. Mais pour lui c'était trop tôt. J'ai senti qu'une graine d'amour germait en lui dans l'immense désarroi de ses yeux et de ses gestes. C'était trop tôt, il aurait fallu lui laisser plus de temps. Il était trop prisonnier de son propre amour/haine avec sa mère, pour pouvoir m'offrir son amour en entier. Pour s'allier réellement avec quelqu'un, il faut accepter de se délier... Il n'était pas délié, je ne sais s'il l'a été un jour... Sa mère, la terrible Élise, est venue le chercher tôt ce matin-là, elle ne nous a laissé aucun espace pour une parole : une parole venant de lui, une parole venant de moi, même si nous n'avions pas encore les mots pour nous dire.

– Je peux imaginer le surgissement inouï d'une parole que je n'avais pas encore, mais que j'aurais pu balbutier. Lui, face à sa mère, n'était pas dans les mots, il était à la fois protégé, et prisonnier d'un rêve où les femmes n'avaient aucune place. »

TOUT récemment, un jour de neige ardente, son fils avait posé deux question sur son père :

« Aujourd'hui, aurais-tu envie de le retrouver, de le revoir, de lui parler, de lui dire ce que tu es devenue ? »

Elle lui répondit par cette courte phrase qui le troubla :

« Non, pas encore, je ne suis pas prête, il est encore trop tôt...

– Aurais-tu des regrets, des reproches à lui faire ?

– Des regrets, si j'en ai eus, je ne les sens plus en moi. Tu le sais, j'ai refait ma vie. Des reproches ? Non, aucun. Je me sens claire, déliée, même si parfois je sais que je suis pleine de lui.

Pleine de tout ce que nous avons vécu, mais je ne suis pas dans le manque de lui. »

Peu après, elle eut le premier accident de sa vie.

ELLE fut renversée par un vélomoteur et se fractura le tibia. Elle fut hospitalisée dans le même hôpital que celui où elle avait accouché. Elle n'y était jamais revenue depuis la naissance de son fils.

Après quelques jours d'immobilisation, elle recommença à marcher doucement, soutenue par ses béquilles et demanda à visiter la maternité où elle avait accouché cinquante-sept ans auparavant. Elle reconnut le long couloir de pierres grises avec ses hautes fenêtres, qu'elle avait traversé en se tenant le ventre, si perdue, si tourmentée. Il n'y avait plus de religieuses comme dans sa jeunesse, mais des infirmières légères et parfumées, qui marchaient vite et s'interpellaient en riant. Les salles lui parurent plus petites, moins tristes, l'odeur de la maladie ou de la souffrance moins forte, plus lointaine, tenue à distance par des appareillages complexes. Elle resta longtemps immobile à regarder au travers d'une vitre une salle remplie de couveuses et d'appareils scintillants. Fascinée devant une sorte d'aquarium où reposaient de tout petits bébés minuscules mais si bien dessinés. Dans un berceau en plastique transparent, cuvette quasi cylindrique, elle en vit un tout noir quasi nu, de quelques heures, de quelques jours peut-être, qui retint son attention. Il y avait si longtemps qu'elle n'avait pas pouponné, posé son nez sur le ventre d'un enfant, touché ses oreilles ou ses pieds. Elle eut envie de le saisir, de l'emporter, de lui donner le sein. Il faisait chaud, tout était lumineux, c'était bon. Elle repensa à la pouponnière de l'Assistance publique, à tous les bébés qu'elle avait soignés à l'époque où elle donnait le sein à Fabien.

« Aujourd'hui on ne leur bande plus les jambes, ils sont plus dégourdis qu'autrefois, c'est mieux ainsi. »

Elle s'adressait au vieux monsieur de la boulangerie qui se trouvait là avec un bouquet de fleurs et un petit paquet, sans même s'étonner de sa présence.

« Je suis venu apporter cela à ma petite-fille Laura, dit-il, elle a accouché cette nuit d'un garçon. »

Elle se cala mieux sur ses béquilles, se pencha, le retint un instant du regard.

« Vous avez été marié, alors ? »

Il sourit à la question :

« Oui, deux fois seulement. »

Pourquoi avait-il ajouté ce mot, « seulement », avec une sorte de nostalgie mêlée de regret ?

« Vous avez eu beaucoup d'enfants ? »

Dans sa réponse, la voix trébucha un instant, suspendue au fragile de la mémoire.

« Oui, cinq enfants, trois filles et deux garçons. Ils sont grands maintenant, indépendants, lancés dans la vie.

– Vous devez me trouver bien indiscrète », ajouta-t-elle.

Et, brusquement émue, elle se recula, oscillant autour d'interrogations furtives, puis le quitta sans rien ajouter. Il n'eut pas le temps de lui dire qu'au contraire il aurait voulu la remercier de lui permettre ainsi, par bribes légères, de se réconcilier avec tous ses silences. Tant de silences enfermés dans l'espace de plusieurs vies depuis ses premières fugues à sept ans. Quand, après un refus ou une remontrance, il quittait sa mère, décidé à jamais de ne plus la revoir, vivant plusieurs jours de suite comme un mendiant, un enfant abandonné, jusqu'au moment où, pensant l'avoir suffisamment punie, il revenait à la maison pour se jeter dans ses bras, toujours aussi froidement accueilli. Elle le tenait à distance pour lui montrer que, quoi qu'il fasse, elle ne changerait pas, elle, qu'il devrait se plier, se conformer, qu'elle était « pour toujours sa mère ! ».

De retour chez elle, quelques jours plus tard, Clémence pensa à la révélation que les enfants incarnent des non-dits et quelques-uns des mystères du désir, au sens qu'ils peuvent donner à une relation conjugale, en magnifiant ou en blessant l'amour que nous leur portons. Elle savait que son fils représentait pour elle, outre un ancrage à son existence, une part d'éternité qui lui permettait d'affronter les pertes et les séparations qui avaient balisé sa vie.

AUTOUR de ses cinquante ans, elle avait pu reconstruire une vie relationnelle intense, multiple, ouverte sur des nouvelles rencontres en même tant que puissamment ancrée sur ses fidélités.

« Je ne crois pas m'être trahie, si ce n'est une fois où j'ai eu le sentiment de me marcher sur le ventre, où je ne me suis pas respectée. Un ans après la mort de Georges, j'ai cru que je pourrais changer un homme qui m'avait réveillée, appelée à nouveau à la vie et j'ai cru que je pourrais le changer. J'ai vécu avec lui près de deux ans. Il buvait et j'avais imaginé que grâce à mon amour, à ma présence, à ma compréhension il arrêterait, il cesserait de se violenter. Je croyais en la puissance de mon amour, j'ai tenté de supporter ses colères, de le suivre dans ses comportements chaotiques, de m'ajuster, de comprendre, de faire preuve de patience. En vain. Je stimulais sans m'en rendre compte son propre système, je nourrissais sa faiblesse et je le relançais malgré moi dans son enfer, je collaborais sans le savoir à sa déchéance. Le plus étonnant, c'est que, quelques mois après l'avoir quitté, j'ai eu de ses nouvelles, il avait cessé de boire. »

« AVANT Pierre, je ne savais pas qu'il était possible d'aimer autant, aussi totalement, avec autant d'intensité, avec autant de plaisir. À tout moment, j'étais dans la découverte, l'étonnement, le ravissement. À tout instant, j'étais habitée par lui. Je vivais, je me déplaçais, dans une sorte de rayonnement, je devrais dire d'effervescence étonnée, dont les palpitations inquiètes donnaient à chacun de mes mouvements une force, une densité inhabituelles.

Cela avait commencé le jour de son arrivée. Il avait été placé par sa mère en apprentissage dans la ferme, où moi-même j'avais été placée, pour devenir horticulteur. À la table du soir il devait s'asseoir en face de moi, sur le banc à trois places traditionnellement réservé aux apprentis. Sur mon propre banc j'étais seule, les patrons et leur fils avaient droit à des chaises avec un dossier.

Au cours de ce premier repas, il ne m'a pas regardée un seul instant. Moi, je ne le quittais pas des yeux. Il me semblait si lointain, comme dévoré par une blessure si vive, si personnelle, qui ne pouvait se partager avec personne. Je vois encore la griffure brune d'une ronce ou d'une épine qui barrait le dessus de sa main gauche et un brin de paille égaré dans ses cheveux si noirs.

La mémoire des moments heureux s'enlise plus vite dans les sables mouvants du quotidien et des jours sans histoire, que celle des événements douloureux ou violents, qui eux restent telles des épaves à la surface blessée de nos souvenirs. Malgré cela, je sais que j'ai en moi, tout en creux, cette mémoire heureuse, engrangée, préservée, somptueusement inaccessible mais si proche dans ce présent de ma vie. J'ai besoin de la garder intacte, je ne veux ni la polluer ni la troubler.

J'ai eu souvent par la suite le cœur en dérive menaçant d'éclater à la seule évocation de tant de douceur perdue, alors que ma pensée n'étreignait que du rien. J'ai pu ainsi garder longtemps la trace intime des odeurs, des sons, des gestes insolites, inattendus laissés par sa présence, déposés par son absence, avec en seul bruit de fond les battements de mon cœur.

Avant Pierre, j'avais peu à dire, doutant de tout. Je me sentais sans intérêt. Enfant abandonnée, je dépendais de l'Assistance. Et depuis trois ans, j'avais été mise en dépôt chez ces patrons, que le visiteur de l'Assistance appelait « des braves gens ». Pensant peut-être me faire plaisir ou atténuer un peu de ma solitude, il trouvait le moyen de me les présenter comme "mes troisièmes parents nourriciers !", alors qu'ils n'avaient pas une once de bienveillance à mon égard. Après mon certificat d'études, j'étais devenue une bonne à tout faire, experte en ménage et travaux d'appoint en tout genre. Une espèce d'objet pratique, discret, sans problème. Je devais travailler, et ne rien faire d'autre. J'étais dans le faire, surtout le faire. Ce que je faisais devait se voir, laisser une trace. Je devais produire un résultat visible, et celui-ci devait pouvoir être rapporté minutieusement, montré chaque soir au patron par la patronne.

Mais, aux yeux de celle-ci, je n'en faisais jamais assez. Elle s'en plaignait à son mari :

“J'ai dû lui dire de faire les cuivres, de ranger le bûcher, d'aller déplacer la chèvre, d'écosser les pois, d'aérer les couettes, de monter des cartons au grenier... Il faut tout lui dire !”

Et le patron de hausser les épaules :

“Ces enfants-là, ne savent rien par eux-mêmes, on ne sait même pas pourquoi ils sont au monde, si on n'était pas là, ils crèveraient sans rien faire !”

Du faire, j'en supportais tous les jours, sur mon dos, sur mes bras, dans mes jambes, seule ma tête ne se laissait pas faire justement. Mon existence était ponctuée de ce faire inépuisable et chaque jour en renouvelait les manques.

L'univers d'une ferme recelait plusieurs territoires, subdivisés en quartiers dont l'entretien avait déjà usé la vie de toutes les anonymes qui m'avaient précédée.

“Nous, on travaille depuis toujours avec l'Assistance Publique, on a toujours aidé l'Assistance, sans nous, il n'y aurait peut-être pas d'Assistance, ils auraient fait faillite... On a toujours travaillé avec eux, ils ne voient pas tout ce qu'on fait pour leurs gosses, ils devraient savoir que nous sommes sérieux et pas seulement nous remercier, ils pourraient nous payer au moins davantage !" Ils déroulaient le même discours à chaque visite d'étrangers ou de voisins. C'était leur bannière : la ferme des Target était la pépinière de l'Assistance publique !

Quand Pierre arriva, à la façon dont il me parla la première fois, je découvris que j'étais une personne. Il me demanda la permission de m'adresser la parole. C'était inouï : me demander à moi une permission ! "Est-ce que je peux vous parler ?" Il se reprit : "Est-ce que vous pourriez parler avec moi ?" Je voulais bien, même si je n'avais rien à lui dire. Je ne savais pas encore que se parler voulait dire pour lui, écouter son silence. »

Le dimanche nous offrait nos seuls moments libres. La ferme nous appartenait pour quelques heures, nous avions alors le droit de ne rien faire, de rêver. Tous nos rêves à portée de main, contenus dans la seule espérance d'oser les imaginer. Mais nos rêves étaient trop précieux ou trop fragiles pour que nous puissions les partager. Nous restions au cours de nos rares rencontres dans l'attente d'une mise en confiance qui ne trouvait pas d'espace pour se dire ou simplement se montrer.

AU cœur du mois de décembre, le Jardin des Plantes avait gardé cette année toutes ses couleurs d'automne.

« Puis-je m'asseoir à côté de vous ? » demanda le vieux monsieur.

Elle ne le reconnut pas tout de suite, car il ne portait pas de chapeau ce jour-là. Ses cheveux blancs donnaient à son front une ampleur qu'elle n'avait pas remarquée jusque-là. « Une tête de lune », pensa-t-elle : ainsi nommait-on dans son enfance les vieillards chenus ayant gardé tous leurs cheveux blancs. Elle lui répondit à partir de ses pensées à elle.

« Je viens pour les oiseaux, je leur apporte, chaque fois que je le peux, quelques miettes...

– Ils ont toujours faim, ils semblent affamés

comme au premier jour de la création, ajouta-t-il.

– Tenez, pouvez-vous rompre ce morceau de pain, et l'émietter un peu, il est trop dur pour moi, trop gros pour eux. Remarquez, ils y arriveraient bien tout seuls, mais je me méfie des pies, elles sont très méchantes avec eux. Non seulement elles emportent tout, mais elles empêchent les étourneaux de se poser... »

Tout en cassant avec ses doigts noueux le morceau de pain, puis en déversant le résultat de son travail dans la main ouverte qu'elle avait posée contre sa cuisse, il lui dit :

« Je viens d'emménager dans le quartier, aux Cèdres bleus, peut-être sommes-nous voisins ? »

Elle resta silencieuse comme si elle n'avait pas entendu, puis murmura en lançant une poignée de miettes :

« Oh ! Moi, je suis ici depuis presque toujours. Connaissez-vous la petite maison presque en ruine, à un seul étage, près de l'hôtel des Comtes de Toulouse ? J'habite là depuis quarante ans. Cela fait des années qu'ils doivent la détruire, mais je serai morte avant ! Ils sont venus plusieurs fois, mais je tiens bon. Ils ne peuvent pas m'expulser, alors ils essaient de me séduire avec la proposition d'un F2 tout neuf, dans un beau quartier "où vous serez tranquille et au calme". Des fois ils veulent me faire peur, en me prédisant que le toit va me tomber sur la tête. Il y a longtemps que je n'ai plus peur ! »

Puis ils restèrent silencieux l'un et l'autre un long moment, le temps de laisser s'installer un peu de confiance, de réciprocité confiante, de co-naissance. Ce fut elle qui ajouta :

« J'ai aimé ma vie, vous savez. L'amour m'a fait aimer la vie. »

OUI, le seul amour qu'elle eût jamais vécu, avec la totalité, le plein de son être, à peine plus d'une année, entre seize et dix-sept ans, l'emplissait encore de sa vivance, l'enthousiasmait de son éclat, la nourrissait de ses émois.

Toutes ces heures fébriles passées aux côtés de Pierre, ses mots et surtout ses silences qui l'ensoleillaient, sa tendresse joyeuse, son goût du plaisir, ses rires dévoreurs de vie naviguaient parfois encore dans les méandres de ses sens apaisés. Et même si, tout au début de leur séparation, elle s'était noyée dans les pleurs, engloutie et perdue dans les labyrinthes de l'absence, elle avait survécu. La dentelle légère du temps, dans la mouvance bleutée des jours, avait fini par ciseler des petits clins d'œil festifs pour l'encourager à vivre le présent en entier, à temps plein.

C'est ce que lui disait son fils : « Toi, tu sais vivre la vie à pleine vie, à temps plein, pas à mi-temps comme beaucoup le font, tu m'as appris aussi cela. »

Clémence avait ainsi traversé plusieurs vies en s'appuyant sur la résonance en elle d'un amour qui l'avait libérée de toutes ses peurs.

QUEL que soit l'âge où elle est vécue, chaque rencontre amoureuse est unique, d'autant plus unique qu'on ne sait pas tout de suite que c'est une rencontre amoureuse, et encore moins si elle sera vécue dans la réciprocité.

« Au début, je n'étais pas dans les sentiments, seulement dans des ressentis, des sensations, des émotions désordonnées, dans une alternance de langueurs et de vibrations chaotiques. Je me sentais hérissée de capteurs hypersensibles qui pouvaient vibrer au moindre signe. Et, comme tout est signe, je baignais dans une fébrilité permanente qui faisait scintiller les particules de chaque instant. C'est dire l'état de mes sens sollicités comme jamais ils ne l'avaient été. Ainsi, quand Pierre était au potager ou au cœur de la pépinière attenant à la ferme, à quelque endroit que je sois dans la maison, je voyais ses gestes, j'entendais les commentaires qu'il adressait aux arbustes et aux jeunes pousses récemment transplantées, qu'on faisait venir d'Italie, comme s'il s'agissait de personnes : « Toi t'es bien fatigué, tu ne t'es pas encore remis de ton déracinement », « Ah ! tu fais la belle maintenant, toutes tes couleurs sont revenues. Fais attention quand même au soleil de midi, il est un peu traître. Je ne vais pas te donner trop d'eau, autrement tu vas avoir la tête qui tourne ». Lui qui restait très silencieux avec les humains trouvait toujours pour chaque nouveau plant un mot tendre, une phrase gentille, un message d'espoir.

Oui, je voyais ses doigts déliant des radicelles, enduisant de cire la blessure d'un tronc, coupant, taillant, enserrant ou portant une brassée de tuteurs, ratissant doucement autour d'un jeune arbuste les cailloux.

Je sentais sa sueur, je voyais les taches plus sombres de ses aisselles, la palpitation fébrile d'une veine à son front. Je percevais l'humus, le sucré, l'acide, l'odeur de la mousse dans ses vêtements, je frémissais à ses inquiétudes, je me détendais à ses réussites. Je le voyais levant les yeux vers le ciel et voyageant déjà, me quittant. Je le savais en partance pour l'Afrique, la Chine, l'Amazonie, la Patagonie... La Patagonie qu'il affectionnait et dont j'avais vu le nom gravé sur une écorce de bouleau qu'il avait placée à la tête de son lit.

Par la suite je n'ai jamais revécu un tel phénomène, une telle accumulation de perceptions, un tel brassage de sensations, d'émois et d'emportements.

Aimer a commencé pour moi avec une expansion inouïe de ma respiration. Je me suis mise à respirer le monde, les plantes, les objets, les cailloux, c'est-à-dire à accueillir de tous mes pores tout ce qui m'entourait, de minéral, de végétal et même le souffle du vent et le vol des nuages. Il ne manquait que la mer. Je n'avais jamais vu la mer. Plus tard, je sus que je l'avais aussi en moi, dans ses flux et reflux si profonds. Mais, dans les premières semaines de mon amour, je ne le savais pas encore. »

DURANT ce temps béni où Pierre et elle s'apprivoisaient, même les secondes n'avançaient plus. Le temps prenait son temps. Une immensité de possibles s'offrait à Clémence. Elle dirait plus tard :

« Comme si le temps m'avait ouvert les bras et attendait que je prenne ma place, toute ma place, tout contre lui, dans l'espace ouvert de ses bras. »

Quelques années avant sa retraite, dans ce qu'elle appelait « le tout doux de ma vie de femme », elle avait lu un texte qui s'accordait avec ce qu'elle était devenue :

« Je ne connais pas de plus beau cadeau au monde que la liberté du corps chez une femme. Une liberté en soi qui permet, qui autorise, qui donne le sens de la fête et des rires fous à chaque palpitation de la vie. »

Elle s'était battue non seulement pour survivre, mais surtout pour exister, pour être reconnue, appréciée, aimée, avoir une place. Elle savait que rien n'est donné gratuitement. « J'ai dû tout conquérir, sans jamais quémander ou supplier. Aujourd'hui, bien sûr, je me contente d'accueillir, de recevoir, d'être, et c'est bon. »

Cette liberté d'être que beaucoup lui reconnaissaient avait attiré plusieurs hommes. Mais elle s'était peu attardée auprès de la plupart d'entre eux. « J'ai compris très tôt que le bonheur indisposait certains hommes. Ils s'arrêtaient au plaisir sans avoir le goût d'inscrire le bien-être en eux, d'en faire un soleil intérieur. »

Rares étaient ceux qui avaient su lui proposer ce goût du bonheur partagé, sans vouloir la posséder ou l'aliéner, dans un espace ouvert sur l'improvisation des rencontres.

DANS les nombreuses confidences qu'elle fit à son amie Madeleine, elle confia :

« Un homme qui rit en faisant l'amour, quel bonheur ! Au début, faire l'amour me paraissait un acte si grave que j'étais sérieuse comme une prêtresse, je le faisais comme une prière, gravement, je n'osais sourire. Puis j'ai appris à rire de l'intérieur, dans l'abandon du plaisir, d'offrir mon plaisir. Cette liberté-là, je l'ai conquise pas à pas, sur les chemins de la confiance que je pouvais me faire. La passion du corps est arrivée chez moi seulement à trente ans, avec un quasi-inconnu qui m'a révélé tout ce que je savais depuis si longtemps sans oser me l'avouer. C'est lui qui m'a montré que j'étais responsable de mon plaisir, qu'il m'appartenait d'oser me le donner pour pouvoir l'offrir à l'autre. Un matin après avoir passé la nuit avec cet homme, j'ai senti dans ma poitrine comme une spirale de picotements, un envol d'émotions nouvelles qui tourbillonnaient de plus en plus vite et m'arrachaient à la pesanteur. C'est dans cette spirale que je suis entrée, éblouie par toutes les sensations qui surgissaient de chaque fibre de mon être. J'osais le plaisir comme une fête attendue depuis longtemps. »

« AVEC certains hommes j'ai connu l'amitié. C'étaient ceux pour lesquels je n'avais pas de désir. Je suis persuadée que le désir s'entend, se voit, tisse des enveloppements invisibles, tresse des liens magiques. Le désir de l'autre ne m'a jamais fait peur ou même dérangée. Il me semble que je savais l'accueillir, ce qui ne veut pas dire y répondre, mais simplement le recevoir. J'ai pu ainsi me respecter et respecter l'autre. Le désir contient une énergie incroyablement puissante. Ce sont mes désirs qui m'ont soutenue, dynamisée, donné la force de suivre un chemin... Et pour ceux qui croient que "l'amitié c'est fait pour réparer les désastres de l'amour", je voudrais leur dire qu'ils n'ont pas connu Madeleine, ma seule amie féminine, qui fut comme le pilier central d'un pont posé entre deux rives. Elle a résisté à tous les déluges, à tous mes débordements, à toutes les crues. Quand elle est morte, dévorée par un cancer, j'ai su que je perdais à jamais une sécurité essentielle, centrale. Elle m'a laissé cependant, comme un dépôt sacré, un petit bijou originaire de Chine, une boîte à âme. Une petite boîte où, dans les temps anciens, les Chinois pouvaient déposer leur âme quand ils partaient en voyage, pour pouvoir la retrouver et surtout ne pas l'égarer ou se la faire voler. "Je ne crois que tu te laisses un jour voler ou déposséder de ton âme, m'a-t-elle dit, mais tu peux parfois avoir envie de la laisser se reposer..."

Ce sont quasiment les dernières paroles qu'elle m'ait dites, avant de me quitter. Elle a été mon amie la plus précieuse, et m'a toujours accompagnée sans se dérober à aucun moment, sans se perdre dans l'une ou l'autre de mes errances. »

QUAND elle chipotait, avec son fils Fabien, sur les détails de sa rencontre avec Pierre, elle précisait : « Je l'ai connu seize mois, exactement, et cela m'a fait toute une vie. » Elle utilisait la même expression, pour parler de ses vêtements : « Il m'a fait six ans, ce chandail, et ce manteau, il m'a fait au moins dix hivers... »

« Et plus tard j'ai senti que ma rencontre avec lui, au soleil de mon adolescence, s'inscrivait dans l'espérance et l'espoir comblé d'une attente plus ancienne. Et encore plus tard j'ai compris aussi que la vie reprend ce qu'elle a donné sans explication, sans se justifier ni s'excuser. J'ai dû apprendre à me réchauffer à la seule trace lumineuse qu'il m'a laissée, toi.

Nous étions si inexpérimentés qu'il nous fallait tout inventer. Tout m'étonnait, me ravissait, je ne me suis jamais sentie menacée, ni par ses gestes, ni par aucun de ses comportements. Rien ne m'avait préparée à vivre cet amour avec Pierre. Suis-je ridicule si je te dis qu'à quinze ans, je ne savais pas que l'amour physique existait ? Je n'avais aucune représentation de l'amour humain, aucun fantasme, aucune information. J'entendais bien les garçons lancer des grossièretés, les filles ricaner à l'évocation de certains gestes qui laissaient présager à la fois un mystère attirant et une menace, mais je ne faisais aucun lien avec mon propre corps.

Jusqu'alors je n'avais aimé que le Bon Dieu, celui qui se cachait dans le tabernacle de notre petite église, celui que je croyais bon, et puis aussi les animaux, surtout Lami le chien de la ferme, ma poupée Noémie, et Antoinette la voisine qui vivait dans la ferme la plus proche à deux kilomètres de là où j'étais placée. C'est elle qui, pour mes onze ans, m'avait offert la première robe faite spécialement pour moi, à mes mesures. Avant, je n'avais eu que le trousseau de l'Assistance, des vêtements passe-partout déposés une fois par an dans un carton par la déléguée à la vêture, comme on l'appelait. Avec une note tapée à la machine épinglée sur le carton : *Attribution spéciale* (exceptionnelle) *d'un trousseau complet constitué d'un manteau* (unisexe), *d'un béret* (noir), *d'un chandail* (trop large), *d'une jupe de ville* (suffisante pour la campagne), *d'une robe de travail* (peu salissante), *d'un tablier* (large et pratique), *d'une paire de galoches* (à semelles de bois). »

« AVANT Pierre, j'ignorais que j'étais une personne, je ne savais rien de moi. J'aimais de façon légère, comme on respire, en sautillant au-dessus des flaques d'eau, en cueillant des petits plaisirs comme des pétales de rose que je sentais puis mâchouillais comme des brins d'herbe....

J'aimais sans savoir. Je n'avais jamais reçu de marques d'intérêt, ni d'attentions particulières. Le premier compliment, c'est le facteur qui passait dans notre village deux fois par semaine qui me l'offrit, cadeau inattendu, l'année de mes douze ans.

À la sortie de l'école, à cinq heures, je devais toujours ramasser un sac d'orties, pour les canards et les oies de la ferme. "Comme ça tu n'iras pas à l'école pour rien !" m'avait assené la patronne dès le premier jour de la reprise des classes en me donnant le grand sac de jute que j'avais pour tâche de remplir sur le chemin du retour. Ce sac en toile de jute était ma honte, je le cachais au fond de mon cartable. Et je devais, sur le chemin de retour, le remplir à ras bord. Il était ma hantise, la trace visible de mon malheur. Il disait que je n'étais pas comme les autres enfants, que je n'avais ni le droit de jouer ni celui de m'attarder en quittant l'école. Ce sac me rappelait aussi que rien n'était gratuit, que je devais rendre ce qu'on me donnait, "que la vie c'est comme ça, faut pas croire..."

À la sortie de l'école, il y avait toujours des filles, des filles surtout, qui m'attendaient, ou me suivaient pour me pousser dans les orties, me faisant tomber au beau milieu du fossé rempli de ronces et de piquants.

J'avais les jambes brûlées et je taisais mes cris, j'enfermais mon désespoir dans la violence de mes regards.

Un soir de juin, Julien, le facteur m'a aidée. Il s'est accroupi pour me relever, puis a déposé lentement, avec beaucoup de soin, sa sacoche au bord de la route. Avec ses grosses mains, sans un mot, rapidement, sans effort, il a rempli tout mon sac.

“Ça ne vous pique pas ? ai-je demandé.

– Oh non ! J'ai l'habitude, moi aussi j'ai été placé. Dès l'âge de sept ans je devais en rapporter un sac aussi grand que moi, c'était le prix pour pouvoir aller à l'école. C'est parce que tu es jolie qu'elles te poussent dans les orties et aussi pour beaucoup d'autres raisons qu'elles ignorent elle-mêmes mais qui sont là dans leur tête.”

J'aurais voulu lui demander quelles étaient ces autres raisons, mais je n'ai pas osé. J'ai bien vu qu'il ne souhaitait pas en parler. Les adultes, je l'avais remarqué, infantilisent souvent les enfants et refusent de leur parler des zones d'ombre de la vie.

Il n'a rien dit d'autre. En ramassant son sac postal, je voyais bien qu'il plissait ses yeux sur plein de pensées qu'il ne pouvait pas partager avec moi. Julien connaissait tous les secrets du village et l'histoire de chaque famille, visible et invisible, drôle ou violente. Il devait connaître les mystères qui suintaient de certaines fermes.

Dans les veillées j'entendais ce qu'on racontait en baissant la voix, à l'église je voyais ceux qu'on montrait d'un coup sec du menton. J'observais les enfants qui redressaient la tête, ouvraient tout grand les yeux, qui riaient entre eux, les femmes qui se taisaient et rougissaient quand les hommes se penchaient sur leur cou et murmuraient tout près de leurs oreilles des choses que ne devaient pas entendre les enfants. »

La veille de leur séparation, qu'ils ne savaient, ni l'un ni l'autre, si proche et si définitive, ils allèrent dans le grenier à grains. Ils s'étendirent dans une mer de blé, le corps apaisé, comme oublieux des gestes affamés de la veille. Accueillis par l'immensité du silence, ils restèrent longtemps sans parler, attentifs au déplacement de la lune qui ce soir-là semblait plus impatiente, plus fébrile. Ils eurent des gestes précautionneux pour nouer leurs mains, sentir leurs pieds s'enlacer, et éprouver quand même la dureté du vide qui s'installait, se tendait entre eux jusqu'à la limite du désespoir. Ils ne savaient comment rapprocher, retenir leurs corps qui s'éloignaient sans qu'ils le sachent encore.

– « À l'autre bout de la vie, je suis sûr qu'il

y a l'éternité, murmura Pierre, c'est là que nous allons nous retrouver, quoi qu'il arrive...

– Je n'ai pas envie d'attendre le bout de la vie.

– Si jamais nous nous perdons...

– Je n'ai pas envie de te perdre.

– Si jamais nous sommes séparés...

– Je n'ai pas envie de te quitter.

À l'autre bout de la vie, n'oublie pas l'éternité. »

Ce furent leurs derniers moments d'intimité.

Ils ne firent pas l'amour cette nuit-là.

À l'aube d'une vie, la route à parcourir vers l'éternité est longue, labyrinthique, parsemée d'obstacles. Ils ne savaient pas qu'ils avaient fait ainsi leurs premiers pas sur les chemins hasardeux de l'éternité...

APRÈS la naissance de son fils, Clémence avait dû rester trois ans au foyer de l'Assistance, jusqu'à sa majorité. Elle lui avait souvent parlé de cette période comme d'un état de grâce.

« Avec d'autres filles mères j'étais affectée à la pouponnière. Nous étions cinq ou six à élever ensemble quelque vingt bébés, dont certains attendaient d'être adoptés ou placés. C'étaient les plus beaux garçons qui partaient en premier – les filles, ça trouve plus difficilement preneur, disait-on à l'époque. Mais j'étais seule à m'occuper de toi, j'ai pu te donner le sein pendant trois ans et demi. J'ai dû te sevrer en quittant le foyer, pour préparer le brevet. Tout le monde t'aimait. Même la nièce de la directrice, une pharmacienne mariée qui n'avait pas d'enfant, et qui venait souvent te voir. Elle me demandait la permission de te prendre dans les bras, de marcher un peu avec toi dans les couloirs, de te promener dans le parc, elle t'aimait beaucoup. Et quand tu as eu sept mois, elle m'a proposé de t'adopter. Elle pouvait m'offrir, disait-elle, une grosse somme d'argent, qui pourrait être une sorte de dot pour moi, avait-elle suggéré, qui me permettrait de me marier décemment.. Mais je n'avais aucune envie de me marier. J'avais pitié d'elle, je la comprenais, tu étais si mignon ! Mais jamais je ne t'aurais laissé... »

C'est durant ces années à l'AP que Clémence avait préparé le concours d'entrée à l'École normale des filles. Il avait fallu une note confidentielle et plusieurs entretiens entre la directrice du foyer et la directrice de l'École normale pour faire accepter une situation unique : l'entrée dans ces couvents laïques de la République d'une fille-mère. On recommanda à Clémence de ne pas parler de son enfant durant ses années d'études, d'être très discrète. Et, comme la vie est pleine de rebondissements, dans un de ces accès de générosité et de fantaisie imprévisibles dont elle a le secret, la situation si particulière de Clémence, grâce à la vigilance et à la prudence qu'elle requérait, rapprocha les deux directrices et favorisa leur rencontre intime et passionnée. Toutes deux célibataires et ravies d'avoir su patienter jusqu'à ce jour, elles découvrirent la douceur d'un amour partagé, dont le secret se prolongea bien après le départ de Clémence. L'enfant de Clémence devint ainsi le centre d'un faisceau d'amour entre ces deux femmes, d'autant plus intense qu'à cette époque les amours saphiques étaient mal tolérées. Clémence y gagna la certitude que les femmes peuvent être merveilleusement libres quand elles s'autorisent une liberté d'être, sans culpabilité.

Après la première fois où ils avaient fait l'amour dans la grange aux grains, ils se rencontrèrent toutes les nuits, mais le dimanche restait leur jour préféré, un jour à eux. Elle ne commença à s'inquiéter que la deuxième fois où ses règles firent défaut. Elle ne savait à qui en parler. Quand ses règles arrivaient, c'était déjà compliqué, alors ne pas les avoir...

Durant ces deux mois, Clémence se tourna vers le Bon Dieu, elle pria tous les soirs avec passion, avec désespoir, avec colère, pour que ses règles reviennent. Ce n'était pas l'enfant qu'elle rejetait, c'était sa peur. Elle avait peur de ne pas savoir, de ne pas être à la hauteur.

« Je croyais à cette époque que jamais je ne pourrais être une bonne mère pour un enfant. Ma propre mère m'ayant abandonnée le jour de ma naissance, j'étais persuadée que, pour être une bonne mère, il fallait avoir eu une maman rien qu'à soi. J'avais cette croyance implantée en moi comme une certitude absolue. À tel point que j'ai songé à avorter. Tout le monde connaissait la Maria, “la faiseuse d'anges”, tu serais devenu un ange et je n'aurais pas fait ton malheur. Heureusement Maria me faisait peur, et puis je n'aurais su comment la payer. Et puis et puis tout se bouscula quand Élise vint chercher son fils. À l'AP où on m'a ramenée, puisque j'étais mineure, j'ai été prise en charge par toutes les filles qui attendaient un bébé. Et au cinquième mois, tu as bougé, à ta façon tu m'as appelée, tu m'as dit : “Je suis là.” À ce moment j'ai compris que je ne serais plus jamais une petite fille et que tu allais m'apprendre mon métier de mère. Que tu allais me guider, tout me montrer. Comment faire ou ne pas faire, ce qui serait bon ou pas bon pour toi. Et puis, je comptais aussi sur mes nouvelles copines de l'AP, certaines étaient mères depuis l'âge de quatorze ans... »

Quand elle pensait à son enfant, elle imaginait qu'il serait différent de Pierre son géniteur.

Curieusement elle l'associait en elle, dans un même élan d'amour, à sa propre mère, qu'elle n'avait jamais connue.

En se projetant avec ce bébé vers l'aval de la vie, elle éprouvait le besoin de se relier à l'amont de son existence, de construire un ancrage pour résister aux errances du futur, et tenter aussi de poser quelques fondations pour son fils. Elle avait bâti ainsi plusieurs récits autour de sa conception. Ces scénarios lui servaient de balises dans les moments de doute.

« Comme je suis née un 20 décembre, j'avais calculé que j'avais donc été conçue autour du 20 mars, le 21 peut-être, le jour du printemps 1915, en pleine guerre. Ma mère était sûrement mariée, avec un mari au front, dans les tranchées. Elle devait avoir certainement un amant, avec qui elle m'a conçue. C'est lui ton grand-père. C'est pour ça qu'elle est venue accoucher clandestinement dans le Midi, à Toulouse, elle ne pouvait faire à son mari un enfant dans son dos alors qu'il se battait dans l'horreur des tranchées. Toute mon enfance, on avait parlé au-dessus de ma tête de la guerre.

Tout autour de moi on racontait l'hécatombe d'hommes, le malheur des femmes... »

Parmi tous les scénarios pour tenter de comprendre sa conception, de mieux cerner sa venue au monde et son abandon, il y avait aussi celui-ci, sur lequel elle se repliait les soirs de tristesse :

« Il est possible aussi qu'elle ait été célibataire, avec un amant ou un fiancé dans les tranchées, qu'elle se soit laissée aller avec lui, sinon je ne serais pas là. Ils ont dû s'aimer à ne savoir que faire de leur amour ! Dans ce cas, c'est à cause de ses parents : elle ne pouvait pas les déshonorer ou faire honte à ceux de son amant, qui n'auraient pas voulu que leur fils épouse une fille enceinte. Quoi qu'il en soit, ma mère devait être dans une situation impossible. »

Elle la voyait comme une jeune fille décidée, courageuse, qui ressemblait à la photo d'une cantatrice qu'elle avait découpée dans un numéro de *L'Illustration*. Brune, le visage aigu, la bouche ardente, un menton volontaire au-dessus d'une gorge pleine. Une femme vive et décidée, qui avait eu le courage « de me mettre au monde, de me donner la vie ». Elle avait ainsi idéalisé sa génitrice, qu'elle voyait comme une héroïne « qui avait su garder durant neuf mois, toute seule, sans pouvoir en parler à personne, un enfant dans son ventre, pour lui donner une chance de vivre » !

« La sage-femme qui a accouché ma mère et que j'ai retrouvée après ma majorité pour l'interroger, pour grappiller quelques signes, a pu seulement me dire :

"C'est sûr, c'était son premier enfant, elle ne savait rien de la vie. Elle était jeune et certainement d'un bon milieu. Avec des mains blanches, des ongles polis, du beau linge et un accent pointu. Ce qui signifiait qu'elle n'avait jamais travaillé et venait du Nord !" Elle m'a confirmé aussi que c'était bien le souhait de l'inconnue, de me déclarer au nom de Clémence Wieissel. Wieissel, c'est un drôle de nom, il sent l'étranger. On m'a dit aussi que cela pouvait être un nom juif. Il devait bien avoir une signification particulière pour cette femme pour qu'elle le transmette à sa fille ! Je suis sûre qu'il n'a pas été choisi au hasard ! »

Après l'École normale, dans son premier

poste, Clémence avait rencontré Georges, instituteur polyvalent qui militait pour la sauvegarde de la faune des Pyrénées. C'était un homme bon et ils avaient décidé de vivre ensemble. Fabien avait besoin d'un père ou tout au moins de la présence d'un ouvrage masculin.

CLÉMENCE, qui paraissait fragile, vulnérable dans son corps, avait une volonté inaltérable, et ses décisions restaient inflexibles. Son fils garda cet héritage et même le développa.

Elle vécut près de quarante ans avec Georges. Longtemps elle refusa farouchement de se marier avec lui, malgré l'insistance de ce dernier.

« Si je l'avais fait, j'aurais perdu mon nom. Je ne pouvais pas faire cela, c'était le seul lien qui me rattachait à ma mère. Mon nom me venait d'elle. Je devais le garder pour qu'elle puisse me retrouver un jour. »

Elle répétait souvent : « Je ne peux pas la décevoir. » Cela semblait vital pour elle. Ne pas décevoir celle qui lui avait donné la vie : « C'était aussi ma façon à moi de la remercier. »

Pendant des années, elle avait pensé que cette inconnue, devenue peut-être plus libre ou plus indépendante sur le tard de sa vie, voudrait retrouver et revoir son premier enfant et la ferait rechercher. « Si elle entreprend des démarches pour me rencontrer, je ne dois pas la gêner, je dois pouvoir l'aider à me retrouver en gardant mon nom ! »

Elle ne nourrissait aucun ressentiment et n'éprouvait pas d'amertume pour sa génitrice, elle voyait sa conception comme une évidence naturelle, dans l'ordre des choses.

« J'avais comme une assurance secrète qui s'est confirmée avec ta naissance et ne m'a jamais quittée depuis. C'est à moi de ne pas laisser passer les signes, d'accueillir ce qui viendra de la vie comme un cadeau, d'en faire quelque chose de vivant... », elle chercha un instant les mots..., « de plus vivifiant ».

« J'ai cru longtemps que grandir, c'était se séparer de soi, quitter son corps, l'abandonner comme une défroque inutile et entrer dans un nouveau corps, plus neuf. Grandir, dans mon cas, c'était pour plus tard, pour quand on pouvait accepter d'être grande, ce qui n'était pas évident ni facile.

Ainsi, j'ai hésité, j'ai refusé de grandir de nombreuses fois, car je ne pouvais pas me laisser là au bord du chemin, entrer dans un autre corps et m'éloigner tout en regardant celle que j'abandonnais au bord du chemin.

Ainsi, cette petite fille, je l'ai gardée, préservée, j'en ai pris soin, tout en me développant autrement. Elle n'a pas vieilli au même rythme que mon apparence, je l'ai protégée dans certains passages difficiles. Je lui avais donné une mission difficile, ingrate, celle de rester vigilante, éveillée, et d'attendre. D'attendre que ma mère me retrouve. Surtout qu'elle puisse me retrouver à tout instant, sans avoir besoin d'attendre. C'est la petite fille en moi qui aurait été chargée de me présenter à elle, d'apprivoiser nos différences pour nous permettre de nous découvrir et qui sait de nous aimer encore un peu, en plus.

Un jour, il n'y a pas si longtemps, il y a seulement quelques années, j'ai perdu cette petite fille que j'ai été. Elle n'est plus revenue, elle s'est envolée, comme dissoute dans mes pensées. Je ne pouvais plus l'évoquer, la visualiser, lui parler. J'ai compris que ma mère, ma génitrice, était morte, qu'elle ne me rechercherait plus, qu'elle m'avait laissée aller toute seule dans l'aventure de la vie. Et là, j'ai pu accepter de grandir. »

C'EST ainsi qu'après presque trente-cinq ans de vie commune, elle avait brusquement accepté de se marier avec Georges. Elle demanda même l'autorisation à son fils. Elle avait senti ou peut-être entendu par quelques signes infimes voyageant dans les vibrations de l'air, dans les murmures du vent, que sa génitrice était morte. Que l'attente était finie. Sa mère ne la ferait plus rechercher.

Son fils aussi entendit que sa mission était achevée. Il ne se rappelait pas quand elle avait commencé ni à quel moment il l'avait inscrite en lui. Mais, aussi loin qu'il pouvait s'en souvenir, il se l'était donnée et l'essentiel de sa vie d'enfant, d'adolescent et de jeune adulte avait été guidé par cette mission : donner une mère à sa mère.

Toute son enfance, il avait rêvé de retrouver cette inconnue, cette grand-mère secrète. Il avait souvent imaginé quel cadeau merveilleux ce serait pour sa mère : celui de lui offrir une maman. Combien de rêves éveillés avait-il entretenus, durant son enfance et son adolescence, autour de ce désir. À l'âge adulte, quand on lui demandait quel était son but dans la vie et qu'il répondait : « Chercher une femme », chacun se méprenait sur le sens de cette phrase, car il n'en disait pas davantage. Beaucoup de ses fantasmes s'organisaient autour de la rencontre imaginée entre sa mère et cette grand-mère qu'il ne cessait de traquer dans tous les visages de femmes croisées.

Georges, le compagnon de presque une vie, mourut quelques mois plus tard, sans jamais avoir vraiment compris le sens de ce refus tenace qu'elle lui avait opposé. Sans saisir l'importance de cette fidélité absolue, ni le cadeau qu'elle lui avait fait en acceptant de se marier avec lui, non pour le récompenser de sa fidélité et de sa patience, mais pour témoigner qu'elle pouvait enfin s'allier avec lui en se déliant de sa recherche.

Quant à Fabien, qui s'était mis à écrire des contes pour des enfants et des ex-enfants, il s'inventa une grand-mère symbolique, dotée d'humour, de pensées tendres, qu'il glissait dans ses livres. Ce fut sa façon à lui d'offrir une mère à sa mère.

« Il a neigé cette nuit. J'aime quand le ciel pèse lourd sur l'horizon. Ce matin, combien le blanc est une vraie couleur ! La matière cristalline des flocons scintille dans le soleil, la lumière s'élève du sol. Il y a dans ma chambre une immobilité attentive et une dilatation étonnée de l'espace. Je laisse la fenêtre grande ouverte, je repousse la commode et le fauteuil qui risqueraient de cacher un bout de cet univers, et je reviens dans mon lit. Le ciel flotte sans entrave dans les frémissements alanguis de jour. Le jardin semble s'amuser à voyager, à sortir de ses limites. Je peux déguster, savourer un temps qui n'est qu'à moi, nue sous les draps, les yeux grands ouverts pour accueillir la lente transformation du gris tendre de la nuit qui s'éloigne en bleu, puis en rose.

Et soudain, sans transition, je suis en vacances. Je me baigne rieuse dans l'océan, au bord des Landes. Je sais bien que ce ne sont pas mes yeux qui créent la réalité, que je ne vois pas toujours ce qui est mais seulement ce qui se matérialise à l'intérieur, avec la projection des images que j'ai engrangées dans les réserves de ma mémoire.

Fabien surgit, enfant, riant aux éclats de me voir haleter, cracher, tenter de reprendre mon souffle après une vague et renversée à nouveau par la suivante. Lui paraît étonnamment stable, sur ses deux jambes, affrontant chaque ressac avec son dos, faisant corps avec la mouvance des flots. C'était l'époque où les vacances étaient entièrement à nous, du moins je le croyais, ce qui me déculpabilisait ainsi de mes récentes absences. Cette année-là j'avais ouvert une nouvelle relation, je dis ouvrir pour bien montrer tout l'espace des possibles que je voulais proposer dans une rencontre intime. Cet homme-là, me réconciliait avec mon corps. Il ne demandait rien, proposait, offrait. Je prenais, je ne prenais pas. Et comme c'était bon, j'ai pris.

Sans engagements ni projets, avec seulement le plaisir du partage, le trouble des regards, la tendresse chaque fois renouvelée de nos mains enlacées, le fruit de nos bouches. J'ai vécu durant plusieurs mois une liberté encore bridée, retenue, mais riche de promesses quand les corps en désirance anticipent les plaisirs à venir. Cette année-là, j'ai appris la transparence, car il est des rencontres qui modifient pour toujours votre regard, peut-être même votre souffle, l'ampleur de votre respiration pour donner plus de place à la palpitation d'un abandon.

La neige change encore de couleur. Le soleil s'illumine plus vif et ses rayons caressent les arabesques dessinées par le vent de la nuit. Je reste au lit. Je décide d'occuper tout l'espace de la fenêtre à plein temps. Je devrais aller à Paris pour aller revoir encore le tableau de Monet, intitulé *La Pie*. Depuis qu'on l'a installé au musée d'Orsay, je me suis vue plusieurs fois le dérobant et l'installant dans ma chambre. J'aurais abattu peut-être une cloison pour avoir la bonne distance, être dans le tableau et au-dehors.

J'aime ces rêves éveillés qui me réconcilient avec la réalité. »

« FAIRE l'expérience de mes limites, cela m'a tentée un temps. Cela veut dire essayer de se perdre au-delà des apparences, de s'égarer peut-être. De s'immerger dans l'indicible sans aucun repère, ni fil conducteur, s'enfouir dans le magma du tout. Un jour de vacances (c'est en vacances qu'il se passe le plus de choses, que surgit l'imprévisible) où la pluie m'avait découragée d'aller sur la plage, j'ai décidé de visiter la Fondation Maeght à l'entrée de Saint-Paul-de-Vence. Je connaissais déjà les Miró, les Calder, les Giacometti, mais je n'avais jamais vu un Richier. Je devrais dire une, car il s'agissait d'une sculpture femelle, être étrange, moitié femme, moitié animal tentaculaire, dont le bronze luisait doucement dans l'angle d'une salle. Mes yeux s'attachèrent non pas à la forme, je serais incapable de la décrire, mais au mouvement, aux courbes des ombres, aux frémissements de la lumière. Et soudain la sculpture se mit à vibrer. Je voyais nettement une légère animation de la matière, un rythme régulier, comme les battements d'un cœur. Entre la sculpture et moi la lumière respirait. Je n'osais bouger de crainte d'interrompre, de déranger, de bousculer ou de casser un mystère.

Je savais déjà que la matière vit, qu'une pierre respire, qu'un morceau de métal pulse. J'en avais fait l'expérience dans le désert, je savais que nous étions, nous les humains, à certains moments privilégiés, des antennes vivantes, branchées sur le tout et l'infini. Je ne sais comment appeler la consistance, la densité, la présence vivante de l'univers proche. Mais, ce jour-là, le bronze de Germaine Richier se connectait à ma propre énergie. Il m'immobilisait, m'enserrait sans violence, me retenait sans effort. Je n'avais aucune envie de bouger, de m'éloigner ou de m'approcher plus, mais je crois que j'en aurais été incapable. Nous étions devenus lui et moi une deuxième sculpture, inscrivant dans un nouvel espace, soudain vide de tous les autres visiteurs, une entité aussi réelle que la pelouse accordée au bleu du ciel que je voyais à travers la fenêtre. Cela dura l'éternité de quelques minutes Je n'ai jamais pu renouveler cette expérience. Nous n'avons pas de maîtrise sur la part de mystère qui nous habite, même si parfois nous tentons d'aller à sa rencontre. »

DEPUIS quelques années, au seuil de la vieillesse, Clémence ne manquait pas chaque soir de dire merci à la vie, de manifester par quelques signes sa gratitude envers la générosité des jours. Elle savait que le temps des rencontres est semblable à une oasis. Lieu à la fois généreux et fragile entre deux déserts, dans lequel on doit trouver l'indispensable plus que le nécessaire : la tendresse, la complicité et le désir. Elle attendait au quotidien ce surplus de beauté qui se glisse parfois dans le temps arrêté.

Elle avait évoqué devant Madeleine la violence inouïe qui avait été liée au départ de Pierre.

« Dans tout mon corps, une brouettée de silex fraîchement concassés, ça bougeait, ça coupait. Je retenais ma respiration espérant que tous ces cailloux allaient s'emboîter, que leurs tranchants allaient s'adoucir, se polir ou se compacter, qu'ils allaient enfin s'immobiliser.

Mais combien faut-il de souffrance pour que ces cailloux aiguisés deviennent des galets lisses et ronds, roulant sans s'accrocher dans le lit d'une rivière ?

Tout cela rejoignait une injonction que je m'étais imposée. Il fallait être grande, il fallait être grande ! Grandir pour savoir mieux encaisser les malheurs, apprendre à mieux engranger les chagrins, à absorber les inquiétudes, à niveler les contradictions qui déchirent.

J'ai rencontré par la suite beaucoup d'enfants sans amour et je sais combien l'enfance est démunie face à ce manque. Un manque tel qu'il nous dérobe les mots. Le manque de n'avoir pas reçu d'amour au premier jour de sa vie et celui plus terrible encore de n'avoir eu personne pour dire son besoin. De rester prisonnier d'un manque sans pouvoir le traduire en besoin, sans pouvoir apprendre non plus à s'aimer.

Avec le temps, je suis devenue un galet lisse et rond. »

Et elle sortait un galet de son sac.

« Tiens, voilà un galet que l'on peut se passer de main en main pour s'apaiser. Auquel il est possible de confier ses peines, il écoute sans rien demander, ni exiger, il accueille tout, confidences, demandes, il est le réceptacle des amours naissants ou contrariés, des plaintes, des angoisses. Il est sec et indestructible. Il ne peut être touché au fond de lui, de l'intérieur. Un galet a toujours besoin d'une rivière pour lui donner vie, pour le bercer, pour le transporter et l'aérer.

Et puis, je ne sais trop comment, ce galet que j'étais devenue s'est déposé sur les rives d'une existence qui me fut prêtée. J'ai fondé une famille avec le temps et la présence de Georges... Après lui, j'ai découvert et partagé bien des plaisirs, bien des envols... »

« PENDANT mon dernier séjour à l'Assistance publique, les trois années avant ma majorité, quand je m'occupais de la pouponnière tout en nourrissant Fabien, une des filles avait écrit sur un des murs de sa chambre, avant de se jeter dans la Garonne : "Écrire, c'est hurler sa solitude en silence." On avait retrouvé, attaché à sa ceinture, tout un sac avec des cahiers d'écolier, dont les pages délavées, illisibles, avaient gardé la trace de tous ses cris.

Les autres filles disaient qu'elle "passait tous ses moments de libre à écrire ses mémoires". Dans les quelques affaires laissées dans sa chambre, il y avait un papier portant cette phrase : "Je n'ai pas eu le courage d'oser ma vie, mais..." La phrase était restée inachevée et j'avais su qu'il n'était pas possible d'achever une telle phrase. Pour oser sa vie, il n'y a pas de mais !

“J'ai moi-même souvent crié ma solitude dans ma tête, mais la vie qui avait fait le choix de se déposer dans mon corps me dictait de lui donner une chance. Ce que je sais aujourd'hui, c'est qu'elle ne s'est jamais découragée avec moi. La vie a tenu bon...” »

LE vieux monsieur et Clémence ne se virent pas pendant plusieurs mois. Il était parti plus au nord, dans sa famille.

Durant cette période, Clémence fit un rêve où il était au bord d'une rivière, habillé de son seul manteau. Elle savait dans son rêve qu'il n'avait rien en dessous et cela ne l'étonna pas. Elle était sur l'autre rive et gardait des mots, oui des mots, disposés en plates-bandes tel un parterre de fleurs. Des mots bien alignés, plantés droit, en bonne terre. Des mots nouveaux qu'elle avait décidé de cultiver pour enrichir son vocabulaire, car elle sentait confusément qu'il lui manquait des mots pour rejoindre ce vieux monsieur. Qu'ils devraient, s'ils voulaient réellement communiquer, elle et lui en inventer de plus justes, adaptés à leurs errances, pour pouvoir échanger, partager au-delà du présent. Un désir la poussait à semer des germes de mots, à tenter de cultiver les mots qui lui manquaient. Elle pensait en voyant sa plate-bande de mots à peine sortis de terre, qu'ils étaient encore un peu jeunes, pas assez mûrs pour pouvoir être utilisés tout de suite.

À un moment, toujours dans son rêve, de l'autre côté du fleuve, le vieux monsieur, lui criait : « Dites-moi ce que vous regardez ! Dites-moi à quoi ça sert ! » Peut-être avait-il dit : « Dites-moi ce que vous gardez » ?

Elle aurait voulu lui répondre, mais c'était trop tôt, les mots n'étaient pas assez mûrs pour être offerts, échangés ou partagés. Elle faisait de grands gestes d'impuissance, tout en lui montrant ses plantations. Et aussi une mimique qui voulait dire : « Il faut du temps, laissez-moi un peu de temps. »

Elle aurait tellement voulu qu'il traverse la rivière, qu'il la rejoigne, qu'il comprenne de lui-même, sans qu'elle le lui dise, « que lui aussi devait planter des mots pour pouvoir se dire enfin et se rejoindre ».

Au réveil, cette phrase : « Dites-moi à quoi

ça sert, dites-moi ce que vous faites », se détachait clairement dans son esprit. Puis elle oublia son rêve et s'ouvrit à de nouveaux songes.

Les rêves sont des messages vivants que nous nous adressons à nous-mêmes. Ils disent l'indicible ou l'impensable, parfois l'impansable, et d'autrefois encore ils tentent de révéler l'insupportable, mais d'une voix si ténue ou si baroque que bien peu d'entre nous parviennent à en saisir le sens.

UNE autre fois, elle rêva qu'elle se trouvait près d'une fontaine tarie, et quelqu'un d'invisible disait : « Cette fontaine n'a jamais porté d'eau », comme on aurait pu dire d'une femme qu'elle n'avait porté d'enfant. Clémence, qui se voyait dans son rêve se déshydrater, souffrait muette et impuissante de ne pouvoir étancher sa soif, quand, soudain, la fontaine se mit à couler, à pleurer une eau murmurante et désirable. Elle se pencha pour boire, mais jamais ses lèvres ne purent toucher l'eau qui lui renvoyait une image brouillée, confuse, qu'elle ne savait reconnaître. Elle se réveilla en sursaut, le cœur serré d'angoisse et, redevenue petite fille, pleura très doucement, très longuement.

Ce rêve se dissipa bien vite, ne lui laissant

que le souvenir de ses larmes mystérieuses trahissant des souffrances jamais dites.

Clémence n'avait pas beaucoup pleuré dans sa vie de petite fille, elle l'avait fait plus tard, sans avoir jamais pu rattraper, assécher toutes ses tristesses d'enfance.

« Car les pleurs ne servent à rien, alors autant les économiser, ma petite ! » affirmait sa première mère nourricière, qui était morte l'année de ses neuf ans.

Les gros paquets de sanglots restés coincés dans sa gorge s'étaient souvent transformés en rhumes et complications respiratoires : « Elle a la gorge fragile, c'est normal, elle ment comme elle respire ! » Il avait fallu son aventure avec Pierre pour que des pleurs surgissent comme des lacs immenses au bord de ses paupières. Certains jours, il ne restait qu'un poudroiement salé autour de ses yeux. Madeleine lui disait :

« Tu as encore pleuré !

– Oui, j'aime ça, cela me fait du bien. »

Plus tard son fils, en parsemant de bisous légers son visage, remarquait « qu'aujourd'hui elle était plus salée que d'habitude ».

À vingt-cinq ans elle avait commencé, dans sa tête, un long voyage à la recherche de son géniteur.

« Durant toute mon enfance, je n'ai pensé qu'à ma mère. Lui, celui qui m'avait fait avec elle, je l'avais pour ainsi dire quasiment oublié ! »

Elle avait cependant imaginé toute une tragédie autour de cet homme. Tout d'abord elle avait décidé qu'il était mort à la guerre, gazé. « Il a dû être gazé, j'en suis sûre. Les Allemands utilisaient des gaz toxiques, d'ailleurs j'ai toujours eu peur des masques à gaz. Il y en avait un à la ferme et un jour Jean, le fils de la patronne, l'avait mis et se promenait dans l'écurie. En le voyant surgir près de moi, j'ai perdu connaissance. »

Quelques semaines après cet événement, ses difficultés respiratoires cessèrent. Par la suite elle avait échafaudé d'autres hypothèses, tiré d'autres déductions à partir des troubles respiratoires qu'elle traînait depuis son enfance. Elle affirma alors :

« Je suis sûre que mon géniteur est mort étouffé. »

Elle avait, par petites touches, tressé de nombreuses reliances autour et à propos de cet inconnu, au point qu'il avait fini par devenir un personnage familier dans une constellation familiale réduite à minima.

Peu à peu, elle avait pu installer cet homme dans les interstices de son histoire, elle lui avait donné une vraie place dans le tissu ajouré de son passé, agrandissant alors davantage le mouvement de réconciliation avec elle-même qui la conduisait, chaque fois plus apaisée, vers les rivages de ses origines.

« MON corps et parfois mon esprit sont semblables à une grève de sable, un bord d'océan sur lequel viennent se déposer, se reposer peut-être, tels des bois rejetés par les flots, les souvenirs, les images, les odeurs et les sons égarés de mon histoire. Chacun de ces souvenirs reste présent durant quelques jours, avec sa coloration particulière de nostalgies, de regrets, de plaisirs, d'inquiétudes, de menaces ou de violences à l'affût. Bois d'épaves porteurs de toute la mémoire des jours qui ont navigué dans ma vie, jours de vaillance ou de vulnérabilité, bois flottés d'événements infimes, incrustés d'émotions, sculptés par des rires ou polis au sel de tant de larmes, bois travaillés par les ressacs et les galets de mes rencontres, racines et troncs d'arbre enlevés aux rivages lointains de mes rêves de jeune fille. C'était à moi de les accueillir, de les apprivoiser patiemment, de les décoder pour nourrir ma recherche, pour accompagner mes nuits sans sommeil. Ces bois aux formes magiques, ces lambeaux d'épaves ont traversé mon existence, pour me confirmer non seulement le chemin parcouru, mais témoigner aussi de mes multiples origines. Pour me rejoindre au sens de m'unifier face à l'inachevé de ma venue au monde.

C'est ainsi qu'il m'arrive encore de vouloir protéger de l'inconnu qui menace de les engloutir à jamais ma mère et ce géniteur avec qui elle a fait l'amour au moins une fois pour me concevoir. À travers ces morceaux de mémoire échoués aux rivages de mon corps, sur les grèves de mes errances, je garde intacte la trace de leur présence.

J'imagine parfois que mon fils fait la même chose à partir de ce qu'il pressent de moi. Avec ce qu'il recueille et garde précieusement, il pourra témoigner et me permettre de survivre à l'oubli.

Je sais que mon errance ne prendra jamais

fin. La part de vie qui m'a été confiée, pour s'accomplir, pour se réaliser, ne peut se réduire à un passage, celui de mon existence sur cette terre ; elle porte aussi en elle un rêve de transmission. »

Au printemps suivant, Clémence et le vieux monsieur se retrouvèrent sur le même banc. Ils échangèrent des sourires et des balbutiements, tels des enfants qui tentent de s'apprivoiser, de se fondre dans la fluidité de l'instant, au moment même où ils pressentent qu'ils peuvent se perdre. Elle songea à lui demander son nom puis, au moment de formuler sa question, elle se ravisa, elle se rappela que ce n'était pas aux jeunes filles d'interpeller les garçons. Elle allait vers soixante-seize ans et ses principes de vie étaient restés ceux de sa jeunesse.

Lui-même ne se présenta pas, et sa présence ne contenait aucune demande. Une fois il se hasarda à dire : « mademoiselle », puis, remarquant les deux alliances sur le même doigt, en vint à madame » et en resta là.

Ils n'avaient d'ailleurs plus besoin de se nommer ou de s'interroger. Il leur semblait qu'il leur suffisait de partager dans chacune de leur rencontre l'essentiel du jour et une part infime de leur existence. Il suffisait d'une association libre de l'un ou de l'autre pour qu'ils s'aventurent dans une frange de souvenirs toujours à fleur de peau. Quand ils s'asseyaient sur le banc du Jardin des Plantes, elle commençait souvent l'échange par une phrase inattendue : « Quand les Allemands sont arrivés, ils ont fermé ce parc et les gens ne l'appelaient plus que “le Jardin en Plan”. Heureusement il a retrouvé son nom. J'aime ce nom, il me fait penser à la Bible : Jardin des Plantes, de toutes les plantes du monde. À la bibliothèque où j'ai travaillé après ma retraite, j'ai retrouvé des documents sur son origine. C'est un ancien corsaire de l'époque de Louis XIII qui possédait ce terrain et il y fit planter des arbres rares qu'il achetait très cher à des marchands d'épices de la Compagnie des Indes : cèdres de Chypre, eucalyptus de Somalie, ginkgo de Chine, ravanella de Madagascar... autant d'arbres magiques qui après bien des péripéties avaient trouvé un lieu pour les accueillir, les bercer, les aimer. Et qui devenus plusieurs fois centenaires recevaient l'hommage des visiteurs de toute l'Europe. Dès le XVIe siècle, il paraît qu'on venait d'Italie, d'Espagne et même des Flandres pour visiter ce jardin ! »

Elle n'osa lui dire qu'elle avait eu un arbre comme ami, dans son enfance esseulée. Un arbre auquel elle pouvait tout dire sans crainte d'être trahie, un arbre solide, fiable, un confident à toute épreuve qui ne se dérobait jamais à ses étreintes ou à ses confidences. Comment aurait-elle pu lui avouer qu'il lui paraissait plus facile de déposer ainsi une partie de son intimité, de ses rêves ou de ses révoltes dans un arbre plutôt que dans le cœur d'un humain peu fiable, quand la vie n'avait pas encore d'avenir pour elle ?

« Si tu es sage, on ira dimanche après-midi, au Jardin des Plantes. »

Son fils se souvenait de cette phrase par laquelle commençaient, au moment du petit déjeuner, tous les jeudis de son enfance. « Si tu es sage... » Comment aurait-il pu l'être, engagé qu'il était dans le tourbillon des jeux, des tempêtes, des bagarres entre les bandes rivales du quartier ? Clémence travaillait tous les jours et donnait en plus des cours particuliers le samedi « pour arriver à joindre les deux bouts ». Fabien s'était longtemps demandé où se trouvaient ces deux bouts invisibles et quelle relation ils pouvaient bien avoir avec l'argent. Ce n'est qu'à l'adolescence qu'il avait saisi le lien entre le bout toujours aléatoire et combien fragile des gains et celui figé, trop chargé, irrationnel des dépenses. Il avait enfin compris de quels bouts il s'agissait, de quels fils, de quels tuyaux sa mère devait tenir les deux bouts, avec autant de constance et de soin pour arriver à survivre et surtout à se libérer le dimanche après-midi, pour pouvoir l'emmener, quand il était enfant, promener au Jardin des Plantes.

Pour Clémence ç'avait toujours été une épreuve que de laisser Fabien seul tout un jeudi entier, sous la garde hypothétique d'une proche voisine, trop âgée pour suivre l'enfant qui échappait constamment à sa surveillance. « Pour aller courir, disait-il. – Mais où vas-tu, toujours à courir de-ci, de-là, dans tous les coins ? » s'écriait-elle, sans qu'il y prête aucune attention, quand elle le voyait descendre l'escalier en sautant les marches trois par trois, traverser le jardin en survolant les plates-bandes de salades ou de pommes de terre, foncer sans hésiter sur le grillage dont tout un pan s'écartait pour laisser passer une flèche vivante, dont les galoches aux semelles de bois résonnaient si fortement dans la courette voisine. C'était la guerre alors. Le silence revenait dans la maison, en même temps que s'épuisait le soupir de Mme Boubila : « Ah ! Cet enfant ! Ça, pour jouer, il a toujours le feu au derrière, mais pour aller à l'école c'est autre chose ! » Mais elle n'insistait pas trop.

Depuis l'arrivée des Allemands qui avaient envahi le Sud de la France, on laissait aux enfants plus de liberté. Comme si les adultes, qui en étaient dépossédés, pensaient qu'ils ne devaient pas en priver les enfants !

ALLER à l'école était chaque jour une aventure passionnante et inquiétante. Fabien partait le matin des jours de classe avec la même vélocité. D'abord sortir de la maison le plus vite possible. Puis rejoindre dans la foulée les territoires connus mais pas nécessairement amis pour enfin aborder un quartier plus sophistiqué, étranger, plus dangereux, avec le mystère de ses hauts murs et l'inconnu de ses grands parcs, d'où pouvaient surgir un groupe d'enfants avides d'en découdre avec les intrus. Quartiers trop vastes, incontrôlables, sans ruelles pour se cacher ou fuir, avec leurs larges avenues boisées. Un quartier à risques où les rencontres pouvaient se révéler dangereuses : « Qu'est ce que tu fous ici, c'est pas ton quartier, on t'avait prévenu, on n'aime pas les pieds qui puent. Tu sais que t'es un pied qui pue, y a qu'à voir ta gueule ! »

Ce matin-là le grand qui l'interpellait, en avant des autres, lui barrait la route, bien décidé à l'empêcher de passer et à lui faire payer son outrecuidance d'avoir osé venir les provoquer chez eux. Fabien ralentissait, semblait se rapetisser. Il connaissait les règles du jeu : d'abord encaisser les paroles sans répondre, mais pas les coups. C'est tout un art de sentir quand les coups vont déborder les paroles, quand les poings serrés se tendent brusquement vers le visage. Car, à ce moment-là, il faut agir vite, ne pas réfléchir, frapper le premier et fort, mais surtout le premier. Avec la tête de préférence. Se coller au plus fort, s'accrocher à sa blouse ou à son veston, bien tenir sa prise, armer la détente du cou et projeter sa tête tel un boulet dans le nez de l'autre. Le nez surtout, très spectaculaire pour effrayer les autres, car le sang gicle en abondance. S'écarter vite pour ne pas se salir. Les copains de l'agresseur, devenu soudain victime, jusque-là vindicatifs et hargneux, se précipitaient sur le blessé, s'écartaient du violent, en l'injuriant. Stratégie efficiente, depuis longtemps mise au point par des générations d'enfants des quartiers sud. Techniques de l'affrontement, de la retraite, de la générosité aussi quand un plus petit s'élançait vers lui pour le provoquer : les plus petits étaient souvent les plus courageux, les plus battants. Ils voulaient aussi apprendre en recevant des coups. Ils n'hésitaient pas, s'avançaient, voulaient s'exercer à en donner et aussi en recevoir. Ils s'accrochaient farouchement, il fallait se débarrasser d'eux sans leur faire trop de mal, et les respecter suffisamment en leur permettant de placer quelques coups.

UN jeudi après-midi, il s'était gravement brûlé.

Fabien passait tous ses temps libres avec Marcel et Bébert, ses copains du quartier. Marcel, un copain à la vie-à la mort, Bébert toujours à « inventer des projets de bêtises, des trucs pour pas s'emmerder les jours sans classe ». Le matin même, ils avaient utilisé toutes leurs économies d'enfants de chœur pour acheter des pétards. En ce temps-là, les enfants de chœur recevaient différentes oboles à l'occasion des enterrements, des mariages surtout, et des baptêmes. L'accident avait eu lieu au mois d'avril, mois riche en mariages. Ils avaient pu acheter, à eux tous, trois douzaines de pétards. Trois douzaines seulement, car le marchand avait refusé de leur en vendre plus de douze à chacun. Un an après, Clémence fit brûler un cierge pour lui, en remerciement de son honnêteté. « Vous vous rendez compte, s'il les avait écoutés, il aurait pu leur en vendre cent ! Ils auraient explosé tous ensemble, on les aurait retrouvés dispersés en morceaux jusqu'au ciel ! » Concernant son fils, Clémence amplifiait toujours les dangers possibles.

C'est Fabien qui avait eu l'idée de casser les pétards en deux pour obtenir un tas de poudre.

« Comme ça, ça pétera plus fort, même ceux de la Patte-d'Oie entendront ! »

Au moment décisif, les allumettes jetées s'éteignaient avant même d'atteindre le petit tas de poudre grise. Les enfants s'impatientaient, n'osant cependant pas s'approcher trop près.

Ce fut Fabien qui enflamma un papier, s'avança et le lança en se penchant pour mieux viser. La violence de l'explosion le projeta en arrière, le fit tourbillonner sur lui-même, aveuglé, transporté soudain dans un univers brûlant d'étoiles et de brouillard. Il n'entendit plus rien, sauf une espèce de grésillement accompagné d'une odeur âcre. Ses deux amis affolés le saisirent chacun par un bras et lui mirent la tête sous une pompe qui crachait l'eau à l'aide d'une manivelle horizontale qu'il fallait tourner très vite.

Bébert, le plus grand, moulinait avec toute la violence de son désarroi.

Fabien ne sut pas comment il était rentré à la maison. Clémence prévenue que son fils « s'était incendié au coin de la rue Varsovie », était arrivée une des premières sur les lieux. Elle ne cessait de répéter : « Mon Dieu ! Mon Dieu ! Faites que ce ne soit pas grave, qu'il n'ait rien au visage. » Il avait la tête toute boursouflée avec des cloques qui bleuissaient, les yeux fermés, il titubait, tournait en rond, ne trouvant aucune position pour s'apaiser, il gémissait comme un animal à qui on aurait arraché une partie du corps.

Elle n'osait le toucher, pressentant que la peau de ses joues, de son front, de son cou, des mains allait éclater. Qu'il risquait de se volatiliser, que l'immense souffrance qu'elle pressentait pouvait faire disparaître à jamais le corps de son enfant. Le seul médecin que Clémence connaissait habitait juste en face, il était en consultation. Mais il fit entrer l'enfant dans un réduit qui sentait l'éther, sans oser le toucher plus, il lui fit une piqûre pour apaiser sa douleur et voulut l'emmener lui-même aux urgences. Clémence secoua la tête en signe de refus, disant non avec la totalité de son corps. Elle s'y opposa avec une détermination telle, une violence silencieuse si farouche que le praticien n'insista pas. Elle protégea son fils de ses bras, sans le toucher, le guida doucement de la voix : « Mon petit, mon petit », jusqu'à la maison.

Le lendemain, quand le médecin revint, il prit Clémence à part et lui parla de la gravité des blessures, il tenta de lui dire la vérité sur l'état de son fils : « Il est brûlé au troisième degré, il risque de perdre un œil, de ne plus entendre peut-être, son oreille semble irrémédiablement abîmée... il faudra des greffes de peau... du temps... » Clémence ne pouvait entendre la succession des mots et des maux qui l'invitait à prendre conscience des conséquences de cette brûlure importante. Ce qu'elle en retint se résumait à deux termes, qu'elle se répétait en boucle : « Troisième degré, troisième degré. »

Ces deux mots – troisième et degré –, entendus comme un seul : « troisièmedegré », l'effrayèrent plus que la souffrance de son enfant. La nuit suivante, cette sentence résonnait en elle comme une menace terrible, une malédiction. Pour elle, ces mots étaient synonymes de torture, d'infamie, de souffrances abjectes. Ils touchaient dans son imaginaire à l'innommable. Les chemins labyrinthiques de son inconscient reliaient ces mots aux Allemands, à la déportation des juifs, aux tortures infligées aux résistants. Pendant l'Occupation, elle avait dû montrer plusieurs fois, outre son certificat de baptême, son acte de naissance : « Enfant de sexe féminin, née de père inconnu et de mère inconnue. » Une fois aussi, à sa grande honte, elle avait dû baisser, devant des inconnus en manteaux de cuir noir, le pantalon de son fils et montrer en silence l'anatomie intime de son enfant. Il lui avait fallu expliquer longuement qu'il avait été opéré à dix mois d'un phimosis. Et non pas circoncis... Il avait eu une vraie opération à l'hôpital, même qu'il était resté trois jours, parce qu'il avait beaucoup saigné...

Elle en avait gardé, de façon diffuse, un malaise, un sentiment de détresse, de trahison aussi. Chaque fois qu'elle avait dû confirmer qu'elle n'était pas juive, elle avait eu le sentiment de se trahir, de ne pas se respecter.

« Votre nom est bien un nom de juif !

– Je ne sais pas si c'est un nom juif. Je suis de l'Assistance publique, je suis une enfant abandonnée, une enfant trouvée. »

Fabien lui avait dit une fois : « Mais bien sûr que tu es juive, tu viens de la nuit des temps, tes ancêtres valent tous les princes de la Terre. »

QUELQU'UN avait parlé à Clémence de religieuses qui coupaient le feu, qui possédaient une connaissance ancienne, transmise d'abbesse en abbesse, qui fabriquaient des baumes secrets pour guérir les brûlures. Ces religieuses étaient effectivement spécialisées depuis le Moyen Âge dans la guérison des grands brûlés. Un des fléaux de l'époque était lié aux incendies qui pouvaient ravager une rue, dévaster un quartier ou embraser un village et laisser des traces durables sur des centaines de corps – Philippe le Bel avait, par ordonnance royale, imposé aux habitants des grandes villes de recouvrir de plâtre les façades pour ralentir la progression du feu quand il se déclarait : c'est ainsi que Paris échappa à plusieurs destructions, alors que la ville de Londres, où la même ordonnance ne fut pas prise, brûla, entièrement dévastée par l'incendie terrible de 1666. Certains ordres religieux avaient acquis et gardé une réputation tout à fait justifiée pour soigner les séquelles de ces catastrophes.

Clémence obtint une entrevue avec la supérieure, qui examina longuement le visage calciné de l'enfant, lui donna dans un flacon étroit un liquide bleuté dont Fabien garda longtemps la scintillante couleur dans le regard. Elle assura Clémence qu'elle ferait prier tous les soirs, pendant sept jours, les deux cents jeunes filles pensionnaires de son couvent, afin que l'enfant retrouve visage humain. Elle ajouta, en femme pratique et concrète : « Si le bon Dieu n'est pas trop occupé ailleurs, s'il jette un seul regard sur lui, il ne restera aucune trace, mais attention, au septième jour, la fièvre doit être entièrement retombée. »

L'amour de Clémence pour son fils était inconditionnel, inépuisable, infini. Pendant cette semaine-là, elle ramassa ses sentiments, les rassembla en une force vive, leur donna une densité extraordinaire et modela ainsi un espace d'amour pour protéger son petit. Pendant sept jours, elle ne le quitta pas des yeux, elle le couva de son attention, le recouvrit de toute sa tendresse. Oui, pas un seul instant en dehors des quelques gestes nécessaires à sa propre existence, elle ne le lâcha du regard. Gardienne de l'inconcevable, elle resta immobilisée auprès du lit de l'enfant, sa présence faisant écran à tous les malheurs. En d'autres occasions, très rares, elle sut faire face à des situations extrêmes, se comporter avec cette même qualité d'être, cette force tranquille qui donne à ceux qui aiment une confiance inouïe dans leur conduite.

Plus tard, elle affirma : « Ce fut un miracle, un miracle de saint Antoine de Padoue, patron des causes désespérées. » Elle ne croyait pas en sainte Rita, qu'elle trouvait trop païenne à son goût.

Aucune cicatrice ne subsista sur le corps de l'enfant, mais durant des années il vécut régulièrement des nuits de cauchemars, avec un sentiment de culpabilité incroyablement puissant, la sensation d'avoir commis une faute. Quelque chose qu'il aurait dû faire, quelque chose qu'on avait attendu de lui et qu'il n'avait pas fait. Avec un besoin impérieux de réparer, auquel se mêlaient une tristesse noire, des remous de sanglots, des tourbillons de rage et des cris d'impuissance. Mais ceci est une autre histoire, celle de Fabien, qui se dépouillera ailleurs de tous ses démons, dans un autre récit, sinon dans une autre existence.

CE matin-là, le vieux monsieur s'approcha avec l'intention de lui parler d'un événement dramatique. Il avait lu dans le journal local que trois personnes avaient péri brûlées dans l'incendie d'un hospice. Il ne faisait pas de commentaires, il avait pris l'habitude de lui dire le monde. Soucieux semblait-il, de lui apporter les nouvelles, bonnes ou moins bonnes, sans les expliciter, ni les commenter. Clémence, elle, reliait chaque fois ces informations à des événements de sa vie, et chaque situation semblait trouver un ancrage dans sa propre histoire.

« Mon fils a été brûlé un jour. Le docteur avait dit qu'il resterait marqué à vie. Saint Antoine de Padoue ne l'a pas voulu. C'est un miraculé, vous savez. »

Elle concluait toujours son récit par cette phrase.

Pour elle, d'évidence, sans l'intervention du saint... son fils serait resté défiguré ! Elle n'avait jamais su que le miracle était dans la force même de son amour, seulement de son amour, aussi bleu et scintillant que le baume donné par les religieuses.

CLÉMENCE, devenue femme, avait pu sauvegarder dans les vies multiples qu'elle avait traversées un temps qu'elle considérait comme étant à elle, seulement à elle, celui de la toilette. Elle aimait se laver, toucher son corps, avec des gestes de tendresse et de respect. « Le corps est le temple de la vie, aimait-elle à rappeler, un temple construit avec de l'énergie, de l'amour. Elle avait su avoir avec lui des relations de qualité et surtout un regard de bienveillance et de respect.

Et, comme mère, elle avait gardé longtemps le goût de laver son enfant au moins trois fois par jour, dans le plaisir et avec une bonne humeur inaltérable, quels que soient ses soucis du moment. Le matin, le soir et surtout à midi, juste avant le repas : « La frimousse et les mains, sinon, avec tout ce que tu touches, tu vas encore m'attraper la maladie ! »

La toilette du soir ou plutôt de fin d'après-midi participait de tout un cérémonial et, l'été venu, ce rituel se passait le plus souvent au-dehors de la maison, dans le petit jardin de derrière. Au retour de l'école, elle préparait la grande bassine d'eau. Quand tout était prêt, elle disait invariablement, interrompant les jeux de Fabien : « Tu ne peux pas faire tes devoirs dans cet état ! » La chaise pour déposer les vêtements, la vieille serviette usée à terre pour poser les pieds « sans se salir », la coquille saint-jacques pour le savon, la grande bassine cerclée de cuivre et la petite cassolette pour verser l'eau cascadant de la tête aux talons. Elle utilisait l'eau chauffée au soleil, sans crainte de la gaspiller.

« C'est à cause du charbonnier, disait-elle, il y a plus de poussière de charbon que d'oxygène dans ce quartier. Regardez-moi ces oreilles ! lançait-elle à la cantonade, on pourrait y planter des choux ! »

C'était l'heure où le charbonnier rentrait de sa tournée. C'était un homme bon et délicat qui fut, durant quinze ans, amoureux de Clémence sans jamais le lui dire. Il s'arrêtait chaque fois, et lui disait à travers le grillage qui séparait le jardin de son entrepôt : « Vous allez l'user cet enfant à force de le laver ! » Il riait, et ses yeux immenses se détachaient sur un visage tendre et expressif, noir de suie. Elle lui répondait toujours : « Un amour entretenu ne s'use jamais. »

Et cette phrase, si souvent entendue par l'enfant, eut une résonance jusque dans ses amours d'adulte. Trente ans plus tard, il l'énonçait gravement à une femme qui doutait de son amour et tentait de disqualifier ses sentiments en mettant à l'épreuve leur relation. « Un amour entretenu ne s'use jamais », et il ajoutait pour lui-même : « surtout s'il est nourri par une relation vivante. »

L'ATTENTION proche et tendre que Clémence accordait aux enfants, et surtout au surgissement de la vie en eux, en avait fait une enseignante d'une patience remarquable. Quand elle posait son regard sur un visage, sur une bouche qui ânonnait une réponse, ou sur une pupille interrogative, le silence se creusait, l'espace s'arrondissait pour accueillir et amplifier en eux un appétit de savoir qui les transfigurait. Elle avait découvert combien il était préférable de ne pas répondre trop vite à une question, combien il était plus important d'inviter seulement un enfant à en dire plus, à oser exprimer l'interrogation qui était derrière sa curiosité de l'instant.

Le regard de Clémence rendait la lumière plus lumineuse, elle dénudait les ombres, polissait les aspérités. Elle savait agrandir l'espace intime de ceux qui l'approchaient. Comme tous ceux qui ont eu une enfance difficile, elle savait l'importance d'une écoute silencieuse. Sans avoir beaucoup voyagé, elle proposait des cheminements étonnants par ses raccourcis. Un de ses élèves avait dit à Fabien : « C'est elle qui m'a appris que les compromis ne sont jamais très loin des compromissions. »

Il y avait en elle un mélange de douceur, une capacité inouïe à recevoir et en même temps une rigueur et une fermeté qui pouvaient se révéler inflexibles.

Au début de sa vie sociale, elle avait remarqué combien peu de personnes savent recevoir, combien sont nombreuses au contraire celles qui sont avides de donner (ou de prendre) et semblent si démunies devant l'offrande et le don gratuit. Elle avait senti qu'il y a chez certains quelque chose de l'ordre de l'interdit, du trop difficile dans l'abandon au recevoir, un manque de générosité pour accepter un cadeau. Que chez d'autres recevoir était insupportable, sinon quasi inacceptable, avec la peur d'être en dette. Patiemment, elle avait su agrandir le recevoir en elle, créer des espaces pour accueillir, pour héberger l'inattendu. Ainsi avait-elle appris à se dépouiller, à lâcher prise sur l'inutile qui aurait pu encombrer son accueil.

Le travail sur soi, à base de méditation, qu'elle avait commencé à pratiquer autour de ses quarante ans, lui avait paru le chemin le plus accordé à sa démarche.

Il n'est pas facile de cerner, dans tous les tâtonnements d'une vie, les démarches clés qui permettent d'accéder au meilleur de soi, et d'entretenir vivace la sève du respect envers sa propre personne.

CE jour-là, le vieux monsieur, après s'être assis tout près d'elle sur le banc du Jardin des Plantes, n'évoqua pas des événements du jour, mais parla lentement, comme s'il s'adressait à lui-même.

« Le terrible de la vieillesse, dit-il, c'est de sentir que l'on ne sert plus à rien, que l'on est devenu inutile aux autres, quasi invisible. »

Elle éprouvait, elle aussi, ce décalage immense entre les désirs et les possibles, entre les émotions et les sentiments toujours vivants, prêts à s'élancer hors d'un corps qui les trahit.

« Quand les sens s'émoussent, la vie devient trop fade, l'existence manque de goût. »

Elle l'approuvait en hochant doucement la tête, puis ne l'écoutait plus, car de plus en plus souvent, depuis quelques semaines, son attention se détachait, son écoute s'éloignait, rejoignait un autre temps, un espace différent, une autre vie. Son regard lui aussi s'absentait, se perdait dans l'envol d'un oiseau, ses gestes restaient inachevés sur une attente oubliée. Son pouls se ralentissait, basculait dans un autre rythme, lui donnait la sensation éprouvante que son corps était trop lourd, lui devenait étranger.

ELLE retrouva une vivacité nouvelle, un soir d'été, dans la dernière année de sa vie – mais elle ne savait pas que sa fin était proche – pour lui confier : « J'aurais voulu être professeur de vie. J'aurais appris aux enfants, aux adultes aussi, tout ce qui n'est pas dit dans les livres... Je leur aurais appris les choses délicates de la vie... qu'un amour entretenu ne s'use pas, que la seule liberté qui vaille la peine d'être vécue est la liberté d'être, qu'il est important de prendre le temps de regarder un nuage, de suivre le vol d'un oiseau, de se laisser surprendre par l'infime des choses de la vie. Qu'il est important d'apprendre à s'aimer, à se respecter, à se définir. Qu'il est encore plus important de ne pas se laisser enfermer dans les jugements, de résister aux rumeurs, aux idées toutes faites, aux modes. J'aurais essayé de leur apprendre à remettre en cause leurs croyances quand elles sont devenues des certitudes, pour laisser plus de place à l'imprévisible de la vie. »

Il répéta :

« Professeur de vie, quel beau métier à inventer ! »

Ils se sourirent, soudain émus de se sentir si proches.

Entre leurs deux corps circulaient paisiblement l'impalpable du bon et du doux, une acceptation mutuelle, un abandon possible.

AUX derniers soirs de son existence, des bribes, des miettes de son amour pour Pierre ressurgissaient de plus en plus fréquemment dans une mémoire qui s'éloignait du présent, pour s'accrocher au passé qui avait bouleversé sa vie. Toute une partie d'elle se rassemblait autour de cette période de quelques mois où elle s'était découverte femme à jamais. Elle aurait voulu pouvoir téléphoner à son amie Madeleine, déposer chez celle qui avait recueilli, avant sa disparition, l'essentiel de ses souvenirs, encore et encore quelques confidences :

« Avec Pierre, nous n'avons pas eu le temps de nous aimer, seulement celui de nous découvrir. Nous sommes tombés en amour trop brutalement, sans préparation. Moi, telle une abeille dans un pot de confiture, dévorant goulûment, me débattant désespérément pour tenter d'agrandir le pot aux dimensions de l'univers. Lui enthousiaste, emporté et perdu dans le dédale de ses désirs, avide des pollens multiples de l'existence.

En moi il y a eu trop d'amour d'un seul coup, comme un déluge envahissant la totalité de mon être. Mon corps me paraissait trop petit pour recevoir cet amour qui sourçait de partout en moi, trop étroit pour le garder, pour le contenir en entier surtout. Je suis tombée en amour à la fin d'un saut qui aura duré dix-sept ans. Un immense saut, qui a commencé quand j'ai basculé dans le vide à la sortie du ventre de ma mère, et qui s'est achevé quand je me suis allongée auprès de Pierre. C'est sur son ventre à lui que j'ai achevé ma chute en état d'apesanteur, si légère, libérée de tant de doutes. Je me suis agrandie, répandue. Tout à l'intérieur de moi je suis devenue immense. Je suis devenue, je suis devenue... »

Elle chercha le mot longtemps en elle, un mot qu'elle avait inventé plusieurs siècles plus tôt, elle finit par le retrouver avant de le délivrer comme une clef de sa vie.

N'oublie pas l'éternité

« Je suis devenue aimance. D'un seul coup, j'étais dépossédée de tous mes manques, je devenais pleine de tout ce que j'avais, sans même le savoir. »

PENDANT quelques mois encore, le vieux monsieur et Clémence se rencontrèrent par touches fugitives, incertaines. Ce fut un temps d'errances réciproques qui devaient les conduire tout près l'un de l'autre, sans qu'ils l'entendent réellement. Ils se croisèrent et se perdirent au rythme de leurs pas, de plus en plus légers, de plus en plus menus, de plus en plus fatigués, sans jamais arriver cependant à s'approcher du plus intime de leurs souvenirs, sans pouvoir enfin se reconnaître.

Le vieux monsieur s'était attaché profondément à cette vieille dame qu'il considérait comme une amie. Le matin, il s'éveillait en pensant à elle, en imaginant la rencontre du jour. Avide de sa présence, seulement sa présence. Il s'étonnait d'entendre encore en lui, le soir en s'endormant, des expressions, des bouts de phrases qui venaient d'elle... « Il ne faut pas croire que l'essentiel est dans le passé, l'essentiel est toujours en devenir et parfois nous passons à côté... », ou encore : « Nous voulons garder trop vite ce après quoi nous courons sans jamais l'atteindre... »

Elle savait pourtant combien le passé peut attacher et même emprisonner, s'il n'est pas libéré de ses blessures, s'il n'arrive pas à se réconcilier avec les souvenirs heureux.

DEPUIS quelques semaines, une tristesse molle, pernicieuse, fondait en elle. Elle sentait plus lourd le poids du jour, quand le regard est appelé par le soir finissant. Cette tristesse s'annonçait avec un goût d'amertume dans l'étirement des heures. Elle redoutait le moment où la lumière, dans un dernier sursaut, tentait de faire danser le ciel dans la vibration des lointains. La tristesse – l'avez-vous remarqué ? – se dépose d'abord dans le regard qui paraît plus songeur, quand l'attention part à la dérive, devient plus incertaine dans l'errance des ombres. La violence de la vieillesse se dit avec les yeux, quand le regard ne sait pas encore qu'il ne voit plus. Quand l'attention n'accueille que des bribes d'ombre, qu'elle laisse passer l'essentiel sans rien en retenir.

Quand une fatigue immense étreint la respiration, rétrécit les gestes qui se ralentissent, deviennent automatiques, impersonnels. Des gestes qui ont perdu leur pouvoir de créativité, qui ne sont plus qu'un mince déplacement d'air, déposé dans un espace qui s'étiole. Quand une hémorragie d'énergie s'écoule du simple mouvement des corps, la tristesse peut s'installer alors à temps plein. Parfois, s'y ajoute la détresse de ceux qui n'ont pas eu le temps de vivre leur vie à pleine vie. La béance du vide s'ouvre sur une lente dérive des heures, pour tenter d'atteindre le soir. La vie devient un immense voilier blanc qui oscille sans but, sur une mer opaque, immobile, sans le moindre souffle d'air. Des courants souterrains se manifestent parfois, mais trop faibles pour irriguer un projet, pour nourrir une direction.

La fatigue de la tristesse ternit les couleurs du présent. Seul le sommeil ne veut pas se laisser envahir ou avaler par elle. Lui, il est sauvé par des rêves. Dans une fin de vie, seuls les rêves subsistent, certains s'alanguissent encore au réveil, mais la plupart se dérobent aux premières lueurs de l'aube. La nuit n'est pas un gouffre où se perdent les attentes vaines d'une journée, c'est un continent tout neuf régénéré par l'imprévisible des songes.

Pour ceux qui s'aventurent dans cet espace de vie morcelée qu'on appelle la vieillesse, il y a beaucoup de contrepoisons à la fuite du temps. Leur efficacité est fondée, leur dosage connu. Prenez l'humus de l'humour par exemple, quand il vous suffit de penser à tous les bonheurs auxquels vous avez échappé, à tous ces moments où vous auriez été roulé, contre votre volonté, dans la farine du bien-être.

Clémence s'obligeait à petits pas, à petits rires soudain échappés de sa gorge, à franchir l'obstacle répété des heures.

ELLE mourut solitaire au plein de l'été, paisiblement, comme endormie, sur le même banc du Jardin des Plantes qui avait témoigné de leurs rencontres. Le vieil homme apprit la nouvelle chez le boulanger.

« Vous savez, votre amie, celle avec qui vous discutez toujours, elle ne viendra plus, on l'enterre cet après-midi. »

Comment le boulanger avait-il su qu'elle était devenue son amie ?

À la porte de l'église il lut son nom :

« Clémence Wieissel épouse Granger, née le... »

Il sut alors que c'était elle. Il avait cheminé ainsi en aveugle quelque soixante ans pour tenter de la rejoindre, pour redécouvrir par mille signes impalpables, si aveuglants dans leur évidence, la jeune fille de ses quinze ans.

Il retrouva le souvenir éblouissant d'un matin d'hiver où elle l'avait accueilli dans sa chemise de nuit à deux places, il entendit son propre rire clair et lumineux. Et aussi son estomac soudain si tendu. Il retrouva intacte la houle de ses désirs, et pour la première fois depuis très longtemps redécouvrit la peur. Il n'osa pénétrer dans l'église, resta longtemps sur le bord du parvis, incapable de rejoindre celle qu'il avait perdue à l'aube de son adolescence.

Fatigué, soudain terriblement fatigué, rejoint par une immense lassitude, il rentra chez lui et se coucha sans dîner.

Le soir même, il entra dans un autre temps, déboucha, étonné, dans un autre espace. Toute sa mémoire lui échappa, reflua et s'immobilisa sur les rives d'une vie ancienne, sur un instant intact au soir de son arrivée à la ferme. Une grande jeune fille aux immenses yeux gris le regardait. Elle poussait délicatement vers lui, au travers de la table, un morceau de pain et alors seulement, seulement à cet instant, il reçut l'offrande de cet amour. Il y a très longtemps, il avait pris le pain, mais n'avait su accueillir ce geste, ni le regard qui l'accompagnait. Geste et regard avaient traversé plusieurs vies pour venir jusqu'à lui et se déposer enfin au creux de son cœur.

Il l'appela faiblement : « Clémence, Clémence. » Sa voix résonna dans toute sa tête :

« Tu étais là et je n'ai pas su te garder. Tu étais si présente et je n'ai pu te retrouver. Tu étais si proche et je n'ai su t'accueillir... ».

Des mots nouveaux se bousculèrent en lui. Il voulut se lever, mais ne le put. Il se sentit emporté par un courant puissant qui entraînait tout son corps dans un mouvement sans fin. Alors il accepta d'entrer dans cet espace de sa vie où il allait pouvoir se réconcilier avec l'adolescent qu'il avait été. Il vit le corps de Clémence dans sa chemise à deux places. Elle lui semblait si loin, inaccessible, mais si claire, si lumineuse, sur une autre rive. Elle lui faisait un signe très doux, très apaisant. Et la distance se fragmentait, se dissolvait. Il voyait son corps comme l'étrave d'un bateau, fendant les flots de son existence. Il se sentait poussé par le temps. Il voyait défiler de plus en plus vite, autour de sa tête, des visages, tant de visages. Des myriades de scintillements, minuscules bulles de vie, éclataient dans ses yeux, ouvraient un chemin qui se retrécissait, le projetait vers celle qu'il n'aurait jamais dû quitter.

Il sentit qu'il l'avait rejointe quand ses yeux

se remplirent de larmes et noyèrent l'espace qui les séparait. Il savait enfin qu'ils ne se quitteraient plus. Tant d'amour à partager et à laisser naître enfin dans une autre vie. Peut-être, peut-être.

Dijon 1975. Roussillon 2005.

DU MÊME AUTEUR

PARLE-MOI, J'AI DES CHOSES À TE DIRE (illustrations de K. Bosserdet), L'Homme, 1982.

RELATION D'AIDE ET FORMATION À L'ENTRETIEN (illustrations de F. Malnuit), Septentrion, 1987, 2003

APPRIVOISER LA TENDRESSE, Jouvence, 1988.

LES MÉMOIRES DE L'OUBLI (en collaboration avec Sylvie Galland), Jouvence, 1989 ; Albin Michel, 1999.

PAPA, MAMAN, ÉCOUTEZ-MOI VRAIMENT, Albin Michel, 1989.

SI JE M'ÉCOUTAIS... JE M'ENTENDRAIS (en collaboration avec Sylvie Galland), L'Homme, 1990.

T'ES TOI QUAND TU PARLES (illustrations F. Malnuit), Albin Michel, 1991.

BONJOUR TENDRESSE (illustrations de D. de Mestral), Albin Michel, 1992.

CONTES À GUÉRIR, CONTES À GRANDIR (illustrations de D. de Mestral), Albin Michel, 1993.

AIMER ET SE LE DIRE (en collaboration avec Sylvie Galland), L'Homme, 1993.

L'ENFANT BOUDDHA (illustrations de Cosey), Albin Michel, 1993.

HEUREUX QUI COMMUNIQUE, Albin Michel, 1993.

PAROLES D'AMOUR (illustrations de Florence Moureaux), Albin Michel, 1995.

JAMAIS SEULS ENSEMBLE, L'Homme, 1995.

CHARTE DE VIE RELATIONNELLE À L'ÉCOLE, Albin Michel, 1995.

COMMUNIQUER POUR VIVRE, Albin Michel, 1995.

ROUSSILLON SUR CIEL (illustrations de Florence Guth), Deladrière, 1995.

C'EST COMME ÇA, NE DISCUTE PAS (illustrations de D. de Mestral), Albin Michel, 1996.

EN AMOUR, L'AVENIR VIENT DE LOIN, Albin Michel, 1996.

TOUS LES MATINS DE L'AMOUR... ONT UN SOIR (illustrations de D. de Mestral), Albin Michel, 1997.

POUR NE PLUS VIVRE SUR LA PLANÈTE TAIRE (illustrations de F. Malnuit), Albin Michel, 1997.

ÉLOGE DU COUPLE (illustrations de D. de Mestral), Albin Michel, 1998.

UNE VIE À SE DIRE, L'Homme, 1998, Pocket, 2003.

TOI MON INFINITUDE (calligraphies d'Hassan Massoudi), Albin Michel, 1998.

LE COURAGE D'ÊTRE SOI, Éd. du Relié, 1999 ; Pocket, 2003.

PAROLES À GUÉRIR (illustrations de Michèle Ferri), Albin Michel, 1999.

DIS, PAPA, L'AMOUR C'EST QUOI ?, Albin Michel, 1999.

CAR NOUS VENONS TOUS DU PAYS DE NOTRE ENFANCE (illustrations de D. de Mestral), Albin Michel, 2000.

AU FIL DE LA TENDRESSE (en collaboration avec Julos Beaucarne), Ancrage, 2000.

CONTES À S'AIMER, CONTES À AIMER (illustrations de D. de Mestral), Albin Michel, 2000.

OSER TRAVAILLER HEUREUX (en collaboration avec Ch. Potié), Albin Michel, 2000.

LES CHEMINS DE L'AMOUR (en collaboration avec C. Enjolet), Pocket, 2000.

INVENTONS LA PAIX, Librio n° 338, 2000.

PASSEUR DE VIES (entretiens avec M. de Solemne), Dervy, 2000.

CAR NUL NE SAIT À L'AVANCE LA DURÉE DE VIE D'UN AMOUR (calligraphies de Lassaâd Metoui), Dervy, 2001.

LETTRES À L'INTIME DE SOI (illustrations D. de Mestral), Albin Michel, 2002.

JE T'APPELLE TENDRESSE (illustrations K. Bosserdet et D. de Mestral), Albin Michel, 2002.

UN OCÉAN DE TENDRESSE (calligraphies de France Dufour), Dervy, 2002.

MILLE ET UN CHEMINS VERS L'AUTRE (illustrations de E. Cela), Le Souffle d'Or, 2002.

VIVRE AVEC LES AUTRES, L'Homme, 2002.

JE MOURRAI AVEC MES BLESSURES, Jouvence, 2002.

ÉCRIRE L'AMOUR (calligraphies de D. de Mestral), Dervy, 2003.

VIVRE AVEC LES MIENS, L'Homme, 2003.

JE CROYAIS QU'IL SUFFISAIT DE T'AIMER, nouvelles, Albin Michel, 2003.

MINUSCULES APERÇUS SUR LA DIFFICULTÉ DE SOIGNER, Albin Michel, 2004.

MINUSCULES APERÇUS SUR LA DIFFICULTÉ D'ENSEIGNER, Albin Michel, 2004.

Composition IGS
Impression Bussière en avril 2005
Éditions Albin Michel
22, rue Huyghens, 75014 Paris
www.albin-michel.fr
ISBN : 2-226-15972-X
N° d'édition : 23370 – N° d'impression : 051700/1
Dépôt légal : mai 2005
Imprimé en France.